AVEC
EDITORA

ALGUÉM EM GUERNICA OLHA PARA MIM

OCTAVIO ARAGÃO

Editor: Artur Vecchi
Ilustração de capa: Marcos Schimidt
Design de Capa: Luiz Gustavo
Revisão: Ismael Chaves
Diagramação: Luiz Gustavo

1ª edição, 2025
Impresso no Brasil/ Printed in Brazil

Dados Internacionais de catalogação na Publicação (CIP)
(Câmara Brasileira do Livro, SP, Brasil)

A 659

Aragão, Octavio
Alguém em Guernica olha pra mim / Octavio Aragão
— Porto Alegre : Avec, 2025.

ISBN 978-85-5447-313-6

1.Contos brasileiros I. Título

CDD 869.93

Índice para catálogo sistemático: 1. Contos: Literatura brasileira 869.93
Ficha catalográfica elaborada por Ana Lúcia Merege — 4667/CRB7

AVEC EDITORA

Caixa Postal 7501
CEP 90430-970 — Porto Alegre — RS
contato@aveceditora.com.br
www.aveceditora.com.br
@aveceditora

OCTAVIO ARAGÃO

ALGUÉM EM GUERNICA OLHA PARA MIM

ÍN DI CE

VOZES & VISAGENS CHAMAM POR NÓS

§ no centro desta coleção de inquietações há uma criatura fascinante, capaz de conjurar os mais variados desejos & delírios com a potência dominante de sua visão noturna

§ no centro desta coleção de fricções fantásticas, sobrenaturais, insólitas, há uma estrela perigosa, capaz de remodelar desertos & atmosferas com a força irresistível de sua influência gravitacional

§ mais além, ou mais aquém, dentro dessa criatura-estrela, ou atrás, ou embaixo, ou em cima, ou em toda parte, está o onipresente & onipotente mestre titereiro, manipulando admiráveis personagens & enredos

§ narrativa após narrativa, Octavio Aragão, alquimista, nos oferece um grimório variado de situações surpreendentes, temperadas com inteligência & humor

§ vocês se lembram, meus comparsas, de todas as coisas bizarras "que há entre o céu e a terra" de que falava aquele personagem do Shakespeare? Neste livro vocês encontrarão um bom sortimento dessas bizarrices

§ um planeta de símios maquiavélicos, dolo rosas metamorfoses, psicopatas & telepatas delirantes, um anel com cabeça de touro "para todos governar", um ritual de fogo & fumo, Emilene e a Ira Divina, apocalipses tragicômicos, deuses & demônios muito antigos, dois artistas contra a Ditadura Militar, a famosa Guernica de Pablo Picasso e as sub-reptícias formigas de Lygia Fagundes Telles, vampiros & lobisomens, uma guerra contra alienígenas, caricaturas mimeografadas, virtuosos cavaleiros medievais, Isolda encontra Lancelot, horror cósmico & clarividência, caçadores de recompensa do Velho Oeste, até mesmo Jesus & Maria Madalena a caminho de Roma… Percebem? O processo efabulativo do escritor não tem limites

§ minhas histórias prediletas foram reunidas sob a etiqueta Pastiches para sempre

§ adoro paródias, sátiras, pastiches & esculhambações serelepes

§ sempre considerei que as várias modalidades de humor — ironia, sarcasmo, paródia, sátira, humor grotesco etc. — são uma estratégia poderosa de resistência contra as forças idiotizantes da sociedade

§ por meio do humor, artistas & escritores denunciam & ridicularizam estereótipos, preconceitos & dogmas, comprovando que o sorriso e o riso, quando usados com habilidade, são as armas mais eficazes contra todos os tipos de injustiça

§ a boa notícia é que, nesta coletânea de horrores & disparates, Octavio Aragão, feiticeiro, não restringiu o bom-humor apenas à seção de *Pastiches para sempre*

§ na verdade, nas próximas páginas, vocês, meus comparsas, encontrarão litros de humor ácido aspergidos sensatamente sobre a superfície áspera de um bom número de ficções

§ então, na intermitência do piscar, aceitem essa feminina mão estendida, imperceptível, e atravessem o portal verbal…

Luiz Bras

Autor de Curto-circuito camicase e Symetrias dyssonantes

URBI ET ORBIS

(urban dark fantasy)

Alguém em Guernica Olha Para Mim

Na intermitência do piscar, ela encara e estende a mão, imperceptível. Mas eu percebo, mesmo à distância recomendada pelo museu.
Os dedos chamuscados de branco e preto e cinza vêm em minha direção.

Não se deve escrever sobre Picasso, é uma maldição. Bradbury tentou e não deu certo. Vou falhar também, mas já estou acostumado.

Não reduza Picasso a palavras, cretino.

Apenas sinta o olhar. Espelho fosco, não mais congelado. Queimado na parede fria. Quer aprisionar cada um de nós no inferno gelado antisséptico, distante a poucos passos, perdido no passado.

Como sempre, desde que senti a contradição pela primeira vez, dou as costas, mas tenho certeza de que nunca saí de lá. Do museu gelado. Da cidade queimada.

Alguém em Guernica ainda olha para mim sempre que finjo não ver.

Cidade do Caos

— Será um filme diferente — Rabbio bateu com a xícara de café na quina da mesa, respingando na calça manchada de tinta. As gotas logo entraram em comunhão com a padronagem, assumindo uma invisibilidade camuflada — Uma mistura de documentário e ficção.

— Isso não tem nada de diferente — Gautério, atento à porta do botequim, sequer alterou o semblante — O Resnais já fez. É superestimado, mas tá lá, existe.

— Seria diferente. Vamos mexer com o inconsciente desta cidade, mesclar artes plásticas e cinema como ninguém fez antes.

— Nem o Warhol?

— Você está de sacanagem com a minha cara? Eu sou Carlo Rabbio. Você é Gautério Pedro. Quem é esse tal de Warhol? Um impressor de camisetas, um artista de circo, uma farsa. Faremos o filme definitivo, um documentário sobre estes dias fétidos, uma metáfora da ditadura…

— Outra? Só eu já fiz duas — Gautério olhou em torno, discretamente. O governo militar costumava pegar leve com artistas premiados internacionalmente, mas não era bom arriscar discursos subversivos em lugares públicos. Felizmente, o único prestando atenção neles era o garçom, que se aproximava com o pedido. Feijoada no verão é coisa de gringo, ou seja, coisa do Rabbio.

— Não venha me falar do *Lua em Trâmite*, aquilo não é metáfora, é uma tentativa de filmar George Orwell com abacaxis no Parque Lage. É uma chanchada. Boa chanchada, mas ainda assim...

— Também não gosto muito do filme, mas é meu e enchi o rabo de dinheiro com ele. Ainda ganhei uns prêmios aqui e ali. Não vou cuspir para cima. Mas o que me diz de *Os Três Reis Magos à Porta da Babilônia*? Também não gosta?

— Alegorias... alegorias... — disse Rabbio com a boca cheia, caldo de feijão salpicando a barba — Estou falando de algo épico, real. Câmera na mão, sim, mas com o mundo aos nossos pés, emoção crua.

Gautério bebeu o chope, sempre com colarinho para manter a temperatura, e fez uns cálculos mentais. A ideia não era tão genial assim, mas tinha suas qualidades, sendo que a principal era o custo baixo. E também seria uma obra de caridade com o amigo, depois do fiasco no Museu de Arte Moderna.

Rabbio tinha sido convidado com toda a pompa para expor suas obras mais recentes — as Parcas Porcas, três esculturas orgânicas concebidas com carcaças de suínos, trapos e galhos de árvores — e, por conta da dificuldade de transporte (e do cheiro) foi obrigado a deixá-las do lado de fora do museu um dia antes do vernissage. O vigia noturno, sujeito muito cioso de sua função, porém pouco afeito a ler a programação do Museu, ao se deparar com aqueles monturos apoiados na parede, provavelmente obra de algum vândalo, não pensou duas vezes e jogou tudo dentro dos contêineres de lixo. Foi um dia animado, que começou com todo mundo correndo ao aterro sanitário para tentar resgatar as peças antes que se deteriorassem por completo e terminou com uma sala empesteada no MAM. Dizem que até hoje, um ano depois do ocorrido, ainda dá para sentir o cheiro e a consequência principal foi Rabbio virar sinônimo de piada no mercado de artes plásticas.

— Deixe ver se entendi, você quer refazer as Parcas Porcas e filmar as reações das pessoas, é isso?

— Basicamente. Percebi que o grande barato daquele fiasco do ano passado foi o que não percebemos, a interação do público com as obras, o quanto elas impactaram sensorialmente quem as observou a ponto de forçarem uma ação retaliatória.

— Por *sensorialmente* você se refere ao cheiro ou à aparência?

— Também, também...mas o importante foi que aquilo era tão repulsivo que forçou o porteiro a tomar uma atitude. E se conseguíssemos reprisar esse tipo de reação, mas fazendo um paralelo com, sei lá, o governo, os militares? Se juntássemos as duas podridões e jogássemos esse símbolo na cara do povão? Por exemplo, na Central do Brasil, às sete da manhã. Ou melhor, no Rio Maracanã, boiando? O que as pessoas fariam? É um roteiro improvisado, mas acho que dá muito pano pra manga. Poderíamos ter uma obra prima nas mãos.

Gautério pegou outro chope, como se quisesse afogar o lado esquerdo do cérebro em álcool. Tudo aquilo começava a fazer sentido.

— Olha, pode dar certo, mas não vou investir um centavo nisso. Vou usar restos de filme, ok? No final, talvez possamos fazer uma produção surrealista tipo Buñuel.

Rabbio bateu na mesa com força. Os garçons, essa espécie que raramente olha quando precisamos, viraram as cabeças como em uma parada de Sete de Setembro.

— Não, nada de surrealismos. Vamos nos ater aos fatos. A única ficção virá dos transeuntes. É sobre isso que construiremos a história. O povo escreverá o filme. Quanto ao dinheiro, não se preocupe. Darei um jeito. Sabe, ainda haverá um dia em que todos teremos uma câmera, cada cidadão poderá gravar seu dia a dia e mostrar ao mundo.

— Sei, todo mundo mostrando o que faz dentro de quatro paredes — Gautério gostava de Rabbio por causa dessas viagens — E perdendo o pouco de privacidade que ainda temos. Esse será um dia que prefiro não ver.

***

Maria Luíza passou a noite em claro e agora dormitava no trem, a caminho do trabalho. O tiroteio tinha durado umas três horas, mas foi o suficiente para deixar os nervos despedaçados e espantar qualquer possibilidade de sono. Os vizinhos diziam que era uma caçada a criminosos, alguma coisa assim, como no tempo em que o Cabeça de Cavalo assombrava os morros, dando trabalho aos policiais. Agora os bandidos eram outros, uns tais que a patroa chamava de comunistas e que ela não entendia bem o que faziam.

— Ah, eles são um terror — dizia dona Melissa, que preferia ser chamada de "dona Mel", do alto de seus sapatos — Assaltam bancos, querem tirar nossas casas. Dizem que, quando não têm comida, devoram crianças pequenas. E esses monstros querem derrubar o governo.

— Que horror! E por que o governo deixa essas pessoas existirem, dona Mel?

— Como assim, Maria? O governo não pode exterminar pessoas como se fossem baratas, por mais nojentas que sejam. Afinal, vivemos numa democracia.

Maria Luiza não sabia bem o que era democracia, mas pensava que devia ser uma coisa muito boa. De qualquer maneira, comer crianças pequenas… se a polícia estava caçando essas baratas humanas, então o tiroteio era um mal necessário e, quando dormiu embalada pelo sacolejar do vagão, o sonho foi um arremedo de filme de terror, com baratas gigantes encurralando a ela e aos filhos no canto do barraco até que um policial parecido com os que o marido assistia na televisão matava os bichos. Onde andava o marido nessas horas ela não sabia dizer, mas o sonho acabou ao som do apito do trem, avisando a chegada à Central do Brasil.

A esquisitice começou na saída da estação do Maracanã, quando a multidão foi parada por um bloqueio policial.

"Não parecem com o moço com o qual sonhei", pensou Maria Luiza, que tentou passar pelos homens suarentos, barrigudos e mal encarados vestidos com a farda azul da Polícia Militar.

— Não dá para passar, não, moça — disse um brucutu.

— Mas como assim? Preciso trabalhar!

Um rapaz de seus vinte anos, irritado com o impedimento, gritou.

— Uns comunistas fizeram baderna e a gente é que paga? Quem vai explicar ao meu patrão que cheguei atrasado?

Diante do cassetete do policial, o moço achou por bem guardar sua indignação na garganta, mas Maria Luiza fechou a cara em desaprovação. Como assim, uns comedores de criancinhas fazem o que bem entendem e prejudicam pessoas de bem? Não, ela iria passar e ninguém a deteria.

Deu um jeito de circundar o quarteirão, tomando distância do cerco que se estendia por três ruas, visivelmente preocupado apenas com quem desembarcava do trem, como se as pessoas não pudessem chegar por outros caminhos. Com sorte, perderia apenas uns dez minutos, conseguiria chegar incólume à Rua São Francisco Xavier e ainda passar na padaria a tempo de levar uns pães fresquinhos para dona Melissa. Vai que ela adiantaria umas rabanadas para o Natal, na quinta-feira.

Foi na saída da padaria que viu a aglomeração perto do rio Maracanã. Um menino de olhos arregalados passou correndo, quase esbarrando nela.

— Os defuntos, tia, os defuntos no rio!

Num misto de curiosidade e caridade, abraçando as bisnagas como se fossem seus filhos, Maria Luiza se aproximou do grupo. Sofreu algumas cotoveladas, mas conseguiu chegar à margem do rio. O que viu ali ficaria com ela para sempre em seus pesadelos, até a noite em que morreria cercada pelos netos ainda não nascidos, num casebre não muito maior que aquele que habitava.

O mais assustador eram os ossos escuros, despontando da carne vermelha, rasgada pelo que pareciam golpes de um facão. Um emaranhado de carne que com certeza eram os restos mortais de três pessoas de sexo indefinido, circundados por arames farpados, cordas e panos nos quais Maria Luiza reconhecia restos de roupas. Pessoas que pareciam mastigadas, moídas, boiando meio submersas entre os dejetos de dois bairros da Zona Norte. E aquele cheiro…

Um homem com um microfone aproximou-se dela. Devia ser um repórter da televisão.

— Senhora, por favor, poderia nos dizer o que acha que aconteceu aqui? Olhando para a câmera, está bem?

Maria Luiza, sentiu-se tomada por uma força maior. Cabia a ela falar para o Brasil o que estava acontecendo naquele bairro chique, onde coisas horrendas não deveriam aflorar.

— Foram os comunistas. Eles mataram as pobres crianças. Comeram pedaços delas e jogaram os restos no rio. Foi esta noite. Eu ouvi os tiros. Meu Deus, as crianças…

E Maria Luiza foi tomada por um acesso de choro convulsivo, afagando as bisnagas, apertando-as ao ponto de partir uma ao meio. Não lhe ocorreu que os tiros que ouvira na noite anterior foram disparados na Zona Oeste.

***

No aparelho na rua Uruguai, Lara, codinome Adriana, esperava. Três meses e nenhuma notícia de Joel, codinome Eduardo, que havia partido para a Bahia e nunca mais voltou. O Partido não sabia do paradeiro de Eduardo (era importante pensar nele assim, como "Eduardo", como uma ficção), mas recomendou que ficasse quieta, escondida, pois as paredes tinham olhos, ouvidos e até línguas. Dormir era um luxo ao qual não se permitia desde que o grande líder José Arruela foi executado a tiros dentro de um cinema, logo ali, na Praça Saens Peña, assistindo a um desenho animado. Num momento ouvindo a Cinderela, no outro, varado a bala.

Às sete da manhã, Lara (não, Adriana!) mastigava um pão velho, longe da janela, da qual não se aproximava, quando ouviu a gritaria. Seguiu as regras de segurança, pegou o 38, enfiou-se debaixo da escrivaninha de madeira reforçada e aguardou as bombas de fumaça. Mas não fazia sentido. Não poderiam saber que ela estava ali. Resolveu esperar, sem permitir que a paranoia, essa velha companheira, a dominasse. Afinal, a pessoa perfeita para o paraíso que viria depois da Revolução não poderia ser assim, descontrolada. Teria de ser forte para guiar as massas, os infelizes dominados pela ditadura capitalista, incapazes de pensar por si mesmos.

Esperou acocorada, protegida. Acalmou-se pensando no futuro, num amanhã glorioso que não tardaria, ela ao lado de Joel — não, Eduardo — livres, sob o sol da democracia popular, todos iguais, irmanados pelo país e, depois, pelo mundo. Adormeceu, sonhando com o jardim perfeito, um céu límpido e uma sirene horrível.

Deu com a cabeça no fundo da escrivaninha. Sirenes. A esta hora. Só podia ser uma coisa. Os malditos a tinham descoberto, mas não queriam dar chance de fuga ou resistência. Usavam as sirenes para espantar o povo, liberar a área, como se o prédio dela estivesse em chamas. Desgraçados, desgraçados, desgraçados. Mas não seria fácil. Ela não cairia nas mãos desses covardes.

Agachada e longe da janela, esticou a mão para o capote largo que deixava sempre na cadeira da escrivaninha, pronto para qualquer eventualidade. Na bolsa, uma peruca loura e óculos escuros.

Calçou um par de tênis leves, para o caso de precisar sair correndo, e meteu o 38 no bolso do casacão. Achava que assim estaria irreconhecível. O fato de fazer um calor de rachar parecia irrelevante.

Sempre agachada, esticou a mão e abriu a porta dos fundos do apartamento. Esgueirou-se, rezando para nenhum vizinho vê-la (pois caso acontecesse, teria de matar, tudo em prol da Revolução). Saiu pela garagem, que dava para a rua Pontes Correa, e caminhou para a Maxwell, de onde poderia, com sorte, pegar um táxi até o Comando Central, no Méier, e informar ao Partido que tinha sido descoberta.

Na esquina da Maxwell, deu de cara com uma viatura policial e recuou, mantendo o revólver na mão, escondido no bolso. Lembrou do quartel do 1º Batalhão da Polícia Militar, na Rua Barão de Mesquita. O Partido achou que seria uma boa ideia manter um aparelho por ali exatamente por ser próximo dos inimigos. "Eles jamais procurariam tão perto", foi o que disseram, porque, claro, todos os militares eram burros como portas. Agora, ela estava encurralada.

O que Jo... Eduardo faria? Tentaria criar uma bagunça com um rifle de precisão, mas ela não era boa de mira. Sua especialidade era explosivos e, nesse caso, de nada adiantaria uma bomba.

E então, do nada, um táxi. Do outro lado das pistas duplas da Maxwell, mas, com sorte e uma boa corrida, com certeza chegaria lá, se jogaria dentro do carro e partiria na direção contrária ao fluxo. Rumo à salvação. Não havia escolha, tinha de ser já. Em três passos estava na pista, mais cinco e pegaria o carro, que já estava engatando a primeira. Lara, Adriana ou seja lá quem ela fosse naquele momento acelerou a corrida.

Mas o carro, um velho DKW, já ia longe. Ela xingou e correu, desvairada, uma mulher de casaco, peruca loura e óculos escuros, numa manhã de segunda-feira ensolarada, berrando palavrões atrás de um táxi no meio da rua. Um homem muito sujo, talvez um mendigo, vendo a cena, apiedou-se dela e fez sinal ao carro, que parou. Laradriana agradeceu à boa sorte, mas infelizmente o casaco, com um peso no bolso, desequilibrou a corrida, fazendo com que sua perna direita batesse no pé esquerdo. A mulher resvalou na calçada, e correu por alguns metros buscando manter-se de pé, mas foi impossível. Lara, sim, Lara, estatelou-se no chão e o revólver saiu do bolso, girando pela calçada.

O homem que parou o táxi correu para ajudá-la, mas congelou ao ver a arma. Ela levantou-se como pôde, apanhou o revólver e ainda tentou pegar o táxi, mas dessa vez não houve milagre. O motorista, antevendo problemas com mulheres armadas e mendigos fedorentos, acelerou e desapareceu. O homem imundo esticou o braço, tentou falar alguma coisa em um tom de voz ameno, mas Lara estava surda. Com o cotovelo machucado, ela se ateve à programação: "sem testemunhas".

Levantou a arma e disparou. Para alguém ruim de mira e com o braço ferido, o tiro foi certeiro. O homem imundo caiu morto com uma bala na testa.

O som do disparo atraiu a atenção de um grupo de pessoas que vinha do rio Maracanã e logo um deles, Lara não sabia qual, mas pela voz aguda deveria ser uma mulher, gritou:

— Aquela loura atirou no homem! Deve ter sido ela quem matou as crianças!

Sem largar a arma, Lara desembestou pela Maxwell, fugindo do grupo. Ficava se perguntando quem seriam as crianças mortas e o que tanta gente estava fazendo na rua, perto do rio. Tinha até um sujeito com uma câmera de filmagem. Não podia ser por causa dela, devia ser alguma coisa no rio e sua intuição a fez se aproximar da margem.

Lá estava a resposta. Os malditos fascistas e sua sanha torturadora. Entre os urubus, estavam corpos mutilados, cortados, desmembrados, e, olhando com cuidado, ela conseguia identificar detalhes. Aquele pano estampado… não era uma camisa com motivos havaianos que ela havia dado ao Joel? Uma representação do Paraíso que viria? E aquele aro de metal preso no que parecia uma mão descarnada seria uma aliança? Seria possível que fosse Joel ali, despedaçado pelos cães militares?

— Solte a arma, moça! — gritou uma voz, talvez de um policial, talvez de um militar, com certeza de um inimigo.

Lara virou atirando. Acertou um, errou três. Foi alvejada quinze vezes e caiu de costas, ao lado do que acreditava ser o corpo de Joel. Morreu feliz, abraçada à carne pútrida.

***

Fernando viu as coisas sangrentas no rio por volta das cinco da manhã. Estava voltando para casa do plantão no armazém e resolveu tomar um café no boteco perto do apartamento de sua mãe. Foi ali, entre os últimos bêbados e os jornaleiros de primeira hora que ouviu o barulho de algo caindo na água. Alguma coisa grande.

Da primeira vez não deu bola, sabe-se bem que o que as pessoas fazem durante a madrugada não é da conta de ninguém, mas soou o segundo baque. Fernando olhou com cara de "quêisso?" para o Bigode que atendia no bar. Bigode sequer levantou os olhos. Não sabia, nem queria saber.

Então soou o terceiro estrondo e não houve estoicismo que segurasse os olhos de todos os presentes.

— Certo — disse Fernando — quem vai lá comigo ver o que diabos está acontecendo?

Um dos bêbados acenou trôpego e afirmativo. Então foram. Era uma pista longa demais para se atravessar fora da faixa, com um ou outro carro apressadinho fazendo de conta que era Emerson Fittipaldi. Apesar de um ou dois tropeços, Fernando e o bêbado — que se chamava Ubiracy — chegaram à margem do rio Maracanã.

— Ih, rapaz, que fedor é esse?

— É carniça, cara — respondeu Fernando — É carne podre. Não dá pra ver direito, mas parece um animal estripado, amarrado com arames e panos. Pelo formato, arriscaria que são três porcos.

— Tem certeza? — Ubiracy, com as mãos no rosto por causa do cheiro, mal conseguia olhar — Mas quem jogaria três porcos mortos no rio? O lobo mau em um surto de vingança?

— Sei lá. Só acho tudo muito esquisito. Tem pinta de coisa de bandido. Lembra das latas que chegaram na praia no ano passado? Aquelas cheias de maconha? Pois é, dizem que um navio estava se livrando da droga e jogou tudo no mar para receptadores pegarem depois. Como os surfistas confiscaram o material, talvez essa seja uma maneira inteligente de manter os curiosos longe do bagulho.

— Cê tá querendo dizer que tem uma fortuna em maconha ali embaixo, naquela porcaria?

— É isso mesmo que estou dizendo, compadre. Esperando alguém mais esperto aparecer.

— Alguém como nós?

— Não sei. Você é um cara esperto, Bira? Está disposto a ficar rico?

— Mas se é coisa de bandido, não é perigoso a gente meter a mão?

— Claro. É por isso que nós não vamos meter a mão, apenas você vai. Eu vou ficar aqui de vigia.

— Ah, faz sentido. Faz sentido.

— Te dou uma mão, você desce, pega a muamba e eu te ajudo a subir, que tal? Mas tem de ser rápido, porque já está ficando claro.

E lá foi o Bira, mergulhando até a cintura no rio imundo. Mas abrir a carcaça não era um trabalho fácil.

— Ô Nando, esse negócio é duro, rapaz, e tá cheio de moscas! Como vou abrir essa nojeira sem uma faca?

— Não grita, animal! Espera que vou dar um jeito nisso.

A ideia era voltar ao bar e descolar um facão, alguma coisa. Atravessou a primeira pista, a segunda, mas, na terceira, foi atropelado por um ônibus muito acima do limite de velocidade. Fernando foi jogado longe, bateu com as costas numa árvore e apagou, provavelmente para sempre.

O ônibus, um interestadual que vinha do Espírito Santo, estacionou e o motorista procurou o corpo de Fernando. Os passageiros, penalizados, desceram do veículo e, imediatamente, foram assolados pelo fedor advindo do rio.

A essa altura, Bira já tinha tentado abrir uma das carcaças com a ajuda de um galho que estava espetado no bolo de carne podre. Aliás, olhando de perto, aquilo não parecia coisa de bandido, muito menos algo que pudesse fazer alguém ficar rico. Na verdade, pareciam três enormes despachos de macumba, daqueles que condenavam um infiel ao inferno dos exus caso bulisse com eles.

E bulir era exatamente o que Bira estava fazendo. O melhor seria largar aquela nojeira de lado antes que o pior acontecesse. Afastou-se o máximo possível antes de subir, com dificuldade, até a margem. Quando já estava longe, lembrou de Fernando e resolveu voltar. Deu de cara com um bando de gente olhando para os despachos — porque Bira já estava convicto do que se tratava — falando em morte, chacina e que um dos subversivos que fez aquilo já estava pagando seus pecados. Tinha até um sujeito com uma câmera e outro com um microfone, entrevistando o povo.

Não, o melhor era esperar um pouco e ir embora. Mas sujo daquele jeito, fedorento, parecendo um mendigo, como iria para casa? Achou melhor ficar quietinho, esperando uma chance para se mandar sem chamar muita atenção, entretanto as coisas só pioravam. A polícia apareceu e botou mais lenha na fogueira.

A grande chance de escapar foi quando apareceu um táxi, um DKW velhinho, dirigido por um motorista ainda mais velhinho que, milagrosamente, furou o cerco da polícia. Porém, Bira percebeu que outra pessoa, uma moça loura, corria desabalada atrás do carro. Ela parecia precisar mais do táxi do que ele, mas jamais o alcançaria.

Ele a ajudou. E foi a última coisa que fez na vida.

***

O quadro se fechava na boca escancarada da mulher que gritava em silêncio, mas cuja leitura labial permitia ao público entender a frase "Meu Deus, as crianças". E fim. *Cidade do Caos* terminava sua primeira exibição sob silêncio absoluto, numa sala de projeção do DOPS.

— Vocês sabem que isso é genial, não é? — disse Carlo Rabbio ao público composto por militares, os chefes do SNI e do DOPS do Rio de Janeiro e mais algumas autoridades, entre elas, um ministro. Nenhuma delas particularmente satisfeita. Gautério Pedro estava quieto e pretendia se manter assim até o fim dos tempos.

Depois de um minuto constrangedor, o governador se manifestou.

— Os senhores têm noção que provocaram, no mínimo, três mortes e uma dezena de feridos, fora o pânico nas ruas por doze horas até a polícia conseguir resolver tudo?

— Vai me desculpar, excelência — disse Rabbio, como se falasse com uma criança — mas creio que nós apenas demos voz ao que corrói a população.

— Chega, Carlo — disse Gautério, rompendo a promessa autoimposta.

— Não sei onde estou que não boto esses subversivos no pau de arara — falou o chefe do DOPS num tom monocórdio.

— Não vamos botar ninguém em pau nenhum — disse o ministro da cultura, limpando os óculos com um lenço de cambraia — Vamos lançar o filme.

Ninguém perguntou "o quê?" em uníssono, mas era óbvio que a pergunta ressoava, inclusive nas cabeças dos autores.

— Em primeiro lugar, — continuou o ministro — o senhor Rabbio tem razão. O filme, em termos artísticos, é bom. Diria até muito bom. A questão é de ponto de vista. Onde os senhores veem um ataque às instituições governamentais, eu enxergo um alerta contra a iminência de uma invasão comunista. Onde os senhores veem um povo paranoico, eu enxergo uma população consciente do perigo vermelho. Em segundo lugar, com uma ou duas alterações de montagem aqui e ali, teremos em mãos nosso próprio *O Triunfo da Vontade*, o filme que prova e aprova nosso regime, produzido pelas mãos de dois dos maiores artistas contemporâneos. Lembrem-se, graças à produção desse documentário, eliminamos uma terrorista perigosíssima que procurávamos há anos. Querem melhor carta de apresentação que essa?

Rabbio e Gautério estavam apopléticos, embasbacados, congelados em seus assentos enquanto o ministro continuava.

— Vamos inscrever *Cidade do Caos* em todos os festivais internacionais. Cannes, Veneza e até Berlim. Não será irônico se ganharmos o

Oscar com esse filme? É claro que se nossos gênios das artes plásticas e do cinema se recusarem a reeditar a película em pequenas partes, seremos obrigados a tomar atitudes lamentáveis e suas famílias não saberão de seus paradeiros por, digamos, uns cinquenta anos.

— Por favor, senhores — disse o chefe do DOPS — recusem.

Eles não recusaram. O filme foi lançado e *Cidade do Caos* (com o sugestivo subtítulo de *um dia à sombra do perigo vermelho*), apesar do investimento do governo militar, não ganhou prêmio algum. A União Soviética e Cuba boicotaram a exibição do longa, acusando-o de "propaganda descarada de um regime fascista". Rabbio pensou em reclamar, citando Eisenstein como o maior panfletário da história do cinema e nem por isso menos genial, mas Gautério o convenceu a ficar calado.

Em meados da década de 80, Gautério morreu de câncer. O regime militar andava mal das pernas e Rabbio havia desaparecido há dez anos, alguns diziam que estava envolvido num projeto de grande porte, mas nada aparecia. Outros afirmavam que estudava telecomunicações ou lecionava em cursinhos no interior.

Um dia, a profecia de Rabbio se concretizou e todas as pessoas, independente de classe social, idade ou posse possuíram aparelhos com câmeras. E foi então que, no dia primeiro de abril de um ano num futuro impensável para os artistas que viveram a ditadura, todos os grandes rios das capitais brasileiras amanheceram com coisas estranhas boiando, montes de carne e metal, engrenagens e ossos, galhos de árvores e estruturas de alumínio. cada uma delas com câmeras acopladas, todas em rede e transmitindo para algo que se chamaria Internet imagens de pessoas assombradas, maravilhadas, aterrorizadas, enojadas, refletindo seus medos, seus sonhos e fantasias em pequenas telas. E então, quando as manifestações tomaram conta do Brasil, clamando por igualdade social e justiça, finalmente o velho Rabbio, com poucos cabelos e a barba completamente branca, deu o ar de sua graça, chefiando um grupo numeroso de artistas gráficos, comunicadores e cineastas de todos os cantos do país, cada um gritando em milhares de celulares, computadores e aparelhos de TV:

— Esses são vocês. Esses somos nós.

E, mais uma vez, veio o caos.

Hóspedes

Primeira noite:

Mais uma vez uma fagulha rasga a noite que me envolve.

Agora é mais forte, certamente fruto da natureza imaginativa de meu novo hospedeiro. Quase posso sentir a espessura dos pensamentos que emanam da... não... das recém-chegadas.

Percebo, ainda mal desperto aqui no meu canto, as diferenças e sutilezas daquelas que me cercam. Desejos, lembranças e sonhos vão tomando seus lugares enquanto um curioso cerimonial se desenrola do outro lado de minha escuridão particular: o rito de apresentação social dos humanos.

— Estudo Direito. Medicina é ela.

Sons. Vozes. Por quanto tempo fui privado dessa iguaria? Sou invadido pela certeza que, desta vez, tudo vai dar certo, quando (bendita curiosidade), subitamente, todo o veludo se desfaz em luz. Meu ataúde é aberto.

Enfim, meus ossos estão à mostra.

Segunda noite:

A zeladora de minha casa escolheu bem. Duas jovens se propuseram a alugar um quarto. Quase meninas e já ansiosas pelo conhecimento. Essas são minhas hospedeiras e me esforço para conhecê-las em um espaço de tempo exíguo.

Uma é romântica, possui dotes literários e artísticos. Apaixonada por seus iguais. A outra é prática, cética e quase me convenço de sua superioridade autocentrada, da infalibilidade de sua ciência. Ao ser apresentada à minha ossada, fez questão de guardar meu esquife sob a cama. Expôs meus restos à luz e, ironicamente, quer montar meu esqueleto. A ela chamarei "mãe".

Minha necessidade imediata é alimento e suas mentes são minha despensa. A casa, velha e imponente, caiu em silêncio e o momento é propício para jantar.

Mergulho em seus sonhos como dedos em tutano gelado. Sinto a tessitura de suas paixões, seus desejos, e me fortaleço. Intervenho em suas imagens oníricas e, mais uma vez, me vejo incorporado. Pernas, braços, cabelos louros... que bom ter tudo isso outra vez! Melhor ainda saber que em breve estarei entre os vivos, de forma real, consistente.

Há resistência, porém. Estou fraco, muitos anos nas sombras, esquecido e distante. Uma delas reage violentamente e acorda. Pressente algo errado e, movida pelo medo, materializa uma imagem dos próprios sonhos.

Formigas. A jovem acredita ver formigas em meu ataúde, sob a cama. Melhor assim. Meu hospedeiro anterior via ratos.

Ela acorda a colega, que também vê as formigas. A força da imaginação de "mãe" é formidável. Com tal poder, meu desenvolvimento será mais rápido. Preciso delas.

Terceira noite:

Consigo recordar e, no processo, estabelecer, diferenças entre temperaturas. Quente é diferente de frio. Seco diferente de úmido. Quantas variações. Durante o dia, bem alimentado, me desenvolvi sem pressa, saboreando os últimos momentos de recolhimento, meu despertar.

O processo está bem adiantado. Já não sinto tanta necessidade de minhas benfeitoras. Está próxima a hora de nos apresentarmos formalmente.

Carne recobre meus ossos. Carne retirada do medo, do amor e do desejo. Sou como costumava ser, mas também como elas querem que eu seja. Tenho os olhos do pai de uma, o nariz do noivo da outra e por aí vai, um amálgama de perfeições particulares.

Um último espasmo percorre meu corpo. Hora de acordar.

Decepção. O quarto está vazio, porém, através da janela, eu as vejo. Mãos sobre as cabeças, fugitivas, formigas apavoradas correndo noite adentro.

Para Lygia Fagundes Telles.

Viragem

É o mais belo dos sorrisos, mesmo quando manchado pela tinta sépia.

Deu um trabalho tremendo, mas consegui adequar todas as fotos do jeito que queria. A pequena galeria de retratos exposta em meu laboratório, pendurada em uma corda de nylon, antecipando o uso que faria dela, proporcionam a oportunidade de examiná-los enquanto refaço mentalmente os passos que me trouxeram à cena final, em um botequim à beira da praia, neste país tragicômico, situado em um mundo onde pouca coisa faz sentido.

O processo de viragem para sépia dá à imagem fotográfica uma coloração acastanhada, característica das fotografias antigas. Há diversos produtos capazes de produzir essa tonalidade, mas os mais comuns são aqueles que convertem a prata em sulfeto de prata. A viragem a sépia com produção de sulfureto de prata confere às fotografias grande resistência aos agentes agressivos e as tornarão capazes de conservar a integridade da imagem por décadas. Em resumo: a viragem faz a foto ampliada em papel — e isso é importante, principalmente nestes tempos de virtualidade, em que tudo é etéreo e incorpóreo — tornar-se eterna.

Existem dois métodos para a viragem em sépia. O mais antigo, e por antigo me refiro ao início do século 20, utilizava banhos à base de sulfuretos de sódio. O mais recente apela para a tiocarbamida — um agente químico muito utilizado no tratamento de hipertiroidismo, que, caso ingerido em altas doses, altera alguns dos sentidos humanos, como o paladar e, dizem alguns leigos, o senso de realidade, olha só... eis uma explicação possível para aqueles fotógrafos dos anos 1920 que começaram a ver fadinhas e outras coisas que não existem. O primeiro desses processos pode requerer um branqueamento prévio, mas ambos têm tendência a baixar a densidade e aumentar o contraste, efeito que pode ser compensado submetendo à viragem imagens propositadamente mais densas e menos contrastadas.

Em qualquer dos processos, a conversão da prata começa pelas partes mais claras da imagem, o branco dos dentes, por exemplo, e propaga-se progressivamente às zonas mais densas, como a gangrena se espraiando por um corpo infectado.

A duração dos processos de viragem e a respectiva extensão depende do tipo de emulsões e reagentes usados, oscilando entre um e dois minutos. Apliquei o processo em todas as ampliações onde se podia identificar a mulher com a qual marquei um encontro.

Já disse que odeio câmeras digitais? Não que seja avesso à tecnologia, pelo contrário, adoro meus *gadgets* e o celular, mas a impessoalidade, a distância temporal, mensurável em séculos hipotéticos, entre o clique e a ação do disparador de uma câmera digital, o tamanho diminuto, a ausência do peso no pescoço, além de uma vaga sensação de desconforto... tudo isso sempre me faz querer distância dessas máquinas.

As dez fotos penduradas em meu laboratório mostram o mesmo rosto, os olhos acastanhados onde se adivinham raios verdes, as narinas quase simétricas. Apenas o cabelo muda, ora caindo em cachos, ora preso em um coque desmazelado ou ainda picotado com em um filme da *Nouvelle Vague*.

Falei dos lábios? Não mencionei a suave desproporção entre as duas metades daquela boca? Se não falei, talvez seja porque não tenho metáfora possível para descrever indiretamente o magnetismo da língua antevista.

Os dentes. Eles são sempre o último elemento a ser analisado nessas intermináveis sessões de estudo semiótico do rosto de Amélia. Ou Adélia ou Arísia ou "A".

"A".

Todos esses nomes tão iguais, tão pretensiosos na crença que ninguém jamais entenderia a piada. Pois eu notei, só não achei graça. Percebi que essa mulher acima de qualquer humanidade, tântrica e tétrica, me rodeia desde a infância. Descobri que estava na multidão, assistindo ao desfile de minha escola pública em um Sete de Setembro perdido em 1974. Era um fantasma de três retículas em uma foto de jornal, perdida na plateia do primeiro show de minha banda, na Cinelândia, em 1983. Estava lá, visitando minha exposição de fotografias em 97. E antes. E depois. E sempre.

Identifico o rosto em 2004 ao analisar um velho álbum de fotografias esquecido no sótão da casa de meu pai. A busca e identificação do resto ocupa a maior parte de meu tempo livre nos últimos oito anos, entre registros de modelos dos anos 70 e redes sociais. Sei tudo sobre ela. Ou elas, tanto faz. E hoje — hoje — é o dia das respostas. O Dia A.

"A" é a velha na qual ninguém presta atenção. É madame Madona com crianças aos seus pés. É a garota com olhos de caleidoscópio. Três em uma. As moiras mitológicas. As fiandeiras gregas tecendo a malha da vida, com o olho compartilhado e a tesoura cega, entrelaçando destinos aparentemente aleatórios.

Um programa de aproximação comparativa de rostos me confirma a identidade. Na polícia federal, claro, onde me devem favores antigos da época em que fotografei crimes de colarinho branco e ajudei a desbaratar falcatruas do Congresso. Favores que me valeram acesso a um arquivo de retratos de mulheres testemunhas oculares em tragédias das mais diversas naturezas.

E lá estava ela, desde 1920. De um jeito ou de outro, presente no cenário ou no pano de fundo de diferentes horrores, de sequestros em subúrbios e chacinas em catedrais, da queda do viaduto Paulo de Frontin ao deslizamento na Serra das Araras. Sempre observando, sempre atenta.

Mas que diabos — não, diabo não. Meu pai detestaria que usasse esse nome — o que queria comigo? O que eu tinha a ver com os apetites dessa…

...linda.

Linda em um vestido bordô, com um elegante casaquinho cinza. Os cabelos cacheados soltos sobre os ombros. Feições de vinte anos contrastando com meus cinquenta e alguma coisa.

— Por quê? — pergunto, ignorando o garçom que traz meu café.

— Por que você? — ela responde da maneira que mais detesto: com outra pergunta — Mas quem disse que é só você?

— Porque ninguém mais percebeu que uma mulher eternamente jovem está presente em todos os momentos relevantes da vida.

— Tem certeza? O que o faz pensar que é mais importante que os outros?

— Quer dizer que há outros?

— Como você, não. Claro que não, e por um motivo simples.

Antes de pousar minha xícara, já sei a resposta. "A" pisca aqueles olhos surpreendentemente opacos e mostra os dentes. As pequenas pérolas pontudas. As serras que consumiriam o mundo, um homem de cada vez.

— Você me envenenou — afirmo com tranquilidade que surpreende até a mim mesmo. Agora que o confronto começou, tenho a impressão reconfortante de observar a cena à distância — Aqui, na frente de todo mundo. No meio da rua.

— De maneira alguma. Não pretendo tirar nada de você. Bom, nada que não queira me ceder de boa vontade. Magia, a boa magia, depende de cooperação, devoção e cumplicidade, mas creio que aquilo que darei vai superar em muito o que tomar.

As unhas manicuradas, com esmalte perfeito e aroma de amêndoas, arranham meu pulso, fazendo correr um fio vermelho, devidamente capturado por um anel ornado por um alto-relevo em formato de cabeça de touro. Um gesto casual, um carinho de namorada. O hálito de licor pergunta:

— Diga, você me daria seu coração?

A resposta, imersa em ódio, afogada em buzinas e sirenes distantes, ondas e montanhas, poções, infusões e misturas químicas que revelavam inúmeras fotografias de um século de idade, não pode ser outra.

— Nem fodendo, sua vaca.

Os olhos nublam aturdidos e o sorriso perde espaço na face diurna. Disponho em fila sobre a toalha rendada dez fotografias originalmente em preto e branco tornadas sépia, um colar de imagens onde "A" aparece imutável em cenários cambiantes, sempre concentrada no evento em curso, igual a uma cobra segundos antes de inocular a peçonha. Agarro a primeira foto, uma imagem de meu aniversário de cinco anos, uma festa no parque do Jardim Botânico bancada por meu pai, um exagero típico de quem é obrigado a deixar o filho único aos cuidados de infinitas babás de rosto em branco e quer compensar a ausência. Levanto o papel como uma pequena bandeira em terreno conquistado.

— Levei oito anos para me preparar. Gastei dinheiro suficiente para comprar este país e estudei a seu respeito em bibliotecas que ninguém conhece. Aprendi as regras do seu jogo. Deve saber o que é uma Linha de Ley, correto?

— Todo mundo leu as pesquisas de Dion Fortune, mulher inteligente, mas por vezes enfadonha. Ela dizia, se bem recordo, que tais localidades são como cálices que recebem um *derramamento* cósmico.

— Pois é, como um Santo Graal geográfico. Mas a senhora Fortune não era carioca, não nasceu nesta cidade estrangulada entre o mar e a montanha, criação mestiça de três raças, refém de europeus e saqueada por piratas até hoje. Não poderia saber onde os pontos de Poder Místico estariam localizados aqui, na orla do Rio de Janeiro. Por sorte — não, sorte não, graças ao estudo e à aplicação primeiro da herança de meu pai, depois de meu próprio dinheiro, ganho com meu suor e talento — descobri onde a quantidade de energia mística residual é acima da média. Neste ponto os desejos concentrados formam um *vértice elétrico*, que se torna por um tempo um corpo coerente e pode ser percebido ou utilizado pelos portadores do conhecimento e da técnica.

— Pare de pregar a uma convertida e vá direto ao assunto que nos trouxe a esta mesa, por favor.

Ela não parece temerosa, é quase como se esperasse por minha reação. Mas eu não perco a chance de ditar as regras depois de tanto tempo. O prazer da caça é meu.

— Pois adquiri o conhecimento necessário e sei que é em torno desses corpos de força que monolitos, locais de culto, altares e, posteriormente, igrejas são erigidos. Como diz a canção, nesta cidade os bares são os templos de todos os bêbados, onde as súplicas são feitas, os desejos declarados e as almas perdidas.

Amarroto a fotografia e observo com prazer uma ruga aparecer na testa imaculada de "A".

— Em uma guerra, ganha quem souber usar o terreno a seu favor. Você cometeu o erro de me deixar escolher o campo de batalha e perdeu quando aceitou meu convite pelo *Tinder* para um encontro. Este botequim, nesta esquina à beira-mar, é um ponto fortíssimo de uma das linhas de Ley que cruzam o planeta e, caso queira experimentar, perceberá que não apenas está impedida de se levantar da cadeira, como não tem mais como controlar mentalmente o garçom que, induzido por você, provavelmente batizou meu café.

Em dois movimentos rasgo a foto, sussurrando a frase que aprendi nos livros encadernados em couro de gente.

— *Em nome do que é sagrado, corto o colar de prata e quebro as linhas de Ley.*

Boca aberta, "A" reprime um grito.

— Essas fotos estão cheias de sulfeto de prata, piranha dos infernos. Rasgando essas representações de sua efígie argêntea, crio rupturas em um ponto fulcral das linhas de Ley, cortando suas ligações místicas, ou seja lá como vocês chamam essas merdas exo-histéricas. Nada de projeção astral, nada de telepatia e invisível para qualquer um longe desta mesa. Gostou dessa? Ninguém vendo você virar pó aqui no meio da rua.

Rasgo a segunda fotografia. Desta vez era minha primeira comunhão, nave principal da Igreja São José, próxima à Lagoa Rodrigo de Freitas. Na segunda fila, cabelos presos, o rosto congelado, ela encara através dos anos. Diante de mim, seu duplo tridimensional sua, sofrendo os esgares de uma velhice repentina.

A terceira foto, eu aos quinze anos, tocando violão no sarau do colégio São Bento. A banda se chamava Os Filhos da Pauta. De pé, no canto direito da imagem, ela sorri. Do outro lado da mesa, um fio de sangue de cor sépia corre pelo queixo.

E assim segue, minuto a minuto, retrato a retrato.

Resolvo interromper a sessão de tortura na sétima foto — pois sete são as ciências naturais, as virtudes, os pecados capitais, os sacramentos, as notas musicais, os gênios persas, os arcanjos — e presto atenção na anciã que definha na cadeira, o vestido e o batom vermelhos ousados demais para alguém daquela idade.

— Hora de voltar ao interrogatório.

Como nenhum dos transeuntes a caminho da praia pode vê-la, eu seria considerado excêntrico caso me flagrassem proferindo impropérios ao vento. É melhor não exagerar, mas opto por repetir a pergunta que sempre faço aos mendigos que tentam me extorquir dinheiro.

— Por que eu?

— Você me deixa orgulhosa — proferiu "A", cuspindo as palavras manchadas — Valeu a pena esperar por tanto tempo e testemunhar seu amadurecimento nas Artes Eternas. Deixou todos os outros para trás.

Pego a oitava foto e dou um talho na parte de cima. Ela suspira.

— Calma, chegarei à resposta, mas você deve compreender que seu destino está traçado.

— Ainda me ameaçando, desgraçada? Acha que tenho medo?

— Sei que não tem, foi criado para isso. A cada ano, curtido em eventos, exposto à curiosidade alheia, testando seu magnetismo pessoal, a capacidade de dominar multidões e de capturar os espíritos dos vivos em suas câmeras escuras. Você possui hoje, pelos meus cálculos, mais de setecentas almas, prontas para obedecer a seus caprichos, e quando cada um deles morrer... ah, então comandará este mundo e o outro.

Depois de uma pausa, já completamente tomada pela prata, os dentes negros, a pele escurecida e enrugada, completa:

— Está pronto, meu filho. Nosso sangue, agora, é mais forte. Receba meu legado e permita-me estar sempre junto a você.

O anel com a cabeça de touro em relevo escorrega pelo dedo magro e bate na mesa, com um tinido.

"A" de Ápis, o Touro Primordial. O primeiro sinal gráfico concebido pelo homem. A primeira representação sígnica de um animal. O primeiro símbolo mágico desenvolvido com a função de representar e exercer domínio sobre o destino de outro ser vivo. O berço da linguagem, do registro, da cultura, da ciência, do poder. A partir da cabeça do primeiro touro, a humanidade construiu civilizações e aprendeu a transcender o tempo, o espaço e a memória.

Apanho a joia que se adequa e ajusta ao meu dedo anular. Recolho as fotografias remanescentes, empurro a cadeira para trás e dou dez passos em direção à praia, ao sol e a todos meus escravos potenciais. Olho sobre o ombro para onde minha mãe expirou em uma brisa de cor sépia e vejo o garçom recolhendo o dinheiro correspondente a um almoço não ordenado, mas que considero fartamente saboreado. Ele que guarde o troco. Agora que estou rico, posso me dar ao luxo de pequenas esmolas.

Caminho seguindo o fluxo da linha de Ley, sentindo o calor, as energias da Terra fluindo por minha pele e chegando aos ossos. Depois de usufruir a herança material de meu pai, era a hora do legado imaterial de minha mãe. A teia de influências, o capital humano e transcendente, muito mais valioso que qualquer outro deste mundo de carne.

Vamos aos fatos: não existe magia negra, isso é uma ignorância, um erro semântico. Li em algum lugar que houve um momento na Idade Média em que confundiram as letras e os termos. É o que acontece quando se delega funções importantes como transcrever textos milenares a monges analfabetos preocupados com iluminuras e enfeites. Nunca existiu uma *nigromancia*. O termo correto é *necromancia*...

A magia dos mortos. Essa sim, existe, funciona e mal posso esperar para testar uma ou duas ideias no mercado financeiro depois de conversar com alguns dos antigos servos de mamãe — ah, olhem para toda essa gente solitária — recolhidos durante dois séculos de testemunhos mudos em mortes aleatórias ou propositais, e que agora constam de minha agenda de endereços do além.

Mas isso fica para daqui a pouco, pois neste momento há detalhes mais importantes a tratar. Questões urgentes que merecem atenção imediata, como, por exemplo, meus hipotéticos irmãos, sugeridos por minha mãe em nosso breve, porém elucidativo, colóquio. Isso é mesmo um problema, porque sempre gostei do fato de ser filho único e jamais vi um par de irmãos que não brigasse na hora de dividir um espólio. Se tem muita gente por aí capaz de matar por dinheiro, imagine em se tratando desse tipo de herança.

Enquanto caminho em direção ao oceano, símbolo da esperança e prosperidade, abro mão do semblante enrugado, dos cabelos rareando, da barriga pronunciada. Estabilizo minha aparência por volta dos vinte anos. Um pé depois do outro, as roupas caindo, cobra trocando de pele.

O mar me recebe como a um Moisés redivivo, despido e livre do estorvo de Dez Mandamentos, e só neste momento percebo o motivo de intuitivamente odiar as fotografias digitais. É que elas negam aos fotógrafos, esses escravizadores de almas, os efeitos benéficos, cicatrizantes e rejuvenescedores da Revelação.

Mergulho e, enquanto se fecha sobre minha cabeça, o mundo, negro e silencioso, finalmente faz sentido.

Fome de Bola

Na esquina, fazendo malabarismos, ele é um deus descalço, um rei ou um artista. Os transeuntes aplaudem, os carros desaceleram para assistir, até os meninos ricos, com seus tênis coloridos, os mesmos que fingem não ver seus olhos cegos quando o encontram em outros cenários, o admiram e, em muitos casos, sorriem como se fossem velhos amigos. É uma sensação boa, na rua, fazendo a esfera de couro seguir o melhor caminho, entre as pernas, sobre a cabeça, apoiada atrás do pescoço, driblando adversários invisíveis, maravilhando a torcida imaginária.

É uma pena que, à noite, sob a chuva, se escondendo da polícia, não seja possível comer a bola.

Quando a Lua Sorri

Sabe aqueles desenhos de criança em que o sol aparece sorrindo? Pois eu sempre desenhei a lua. Talvez porque um quarto crescente já pareça um sorriso, talvez porque alguém tem de ser do contra para que a regra faça sentido. De qualquer maneira, toda vez que quebro o pescoço de alguém, ainda lembro daqueles desenhos bonitinhos. Fase esquisita, a lua cheia. A gente acorda com uma dor nos ossos que dá vontade de gritar a cada passo até o banheiro. E urinar? O primeiro jato a gente nunca esquece. Sei lá o que acontece com o ácido úrico nesses dias. Deve virar ácido sulfúrico, porque queima tudo por dentro até sair soltando fumaça.

Isso sem falar nos restos de comida espalhados pela casa. Além de pouco higiênico — já houve dias em que achei meio fígado jogado atrás da cama — o cheiro de açougue é matador.

Para combater o inevitável mau-humor, penduro o desenho de uma lua sorridente na porta da geladeira. Estou olhando para uma agora.

A festa deve ter sido boa ontem, tem sangue até no teto. Parece um quadro do Pollock. Limpar essa zona vai ser um saco, mas venho fazendo isso desde que comi a última faxineira. No bom sentido. Não dá para arriscar ter empregados em casa com meus hábitos alimentares.

Tenho uma hora para dar uma geral no apartamento antes de sair para o trabalho. Óbvio que não vai dar tempo para limpar direito, vai ser meio por-aqui-passei-eu, mesmo porque hoje à noite tem mais. Vou ter de deixar acumulando um pouco dessa nojeira até sábado pela manhã. Belo fim de semana me espera.

É engraçado, dá pra perceber a chegada da lua cheia nos mínimos detalhes: o cabelo fica mais sedoso, a pele reluz como se fosse de bebê, nem sombra de cansaço. A gente acorda mal, mas depois de um bom banho, ah, pode vir quente, que estou fervendo. No mau sentido.

As ruas parecem uma floricultura. Tudo tem cheiro e todos são ótimos, até merda de cachorro parece Azzaro. As mulheres, então, tornam-se lindas. A mendiga lembra uma artista de cinema. Dá vontade de sair beijando todas como num comercial. O escritório, aquela salinha sem janelas, torna-se mais divertido, energético como uma aula de aeróbica. A gente fecha contratos como se fossem mandíbulas. As horas passam voando, você pisca os olhos e já é noite.

Aí é só partir pro abraço. Daqueles bem apertados. Afinal, o mundo é um supermercado sem caixas nem filas. Melhor, é um restaurante *self-service* sem comanda.

Falando nisso, a barriga começou a roncar. Tá na hora de fazer uma boquinha, antes que a fome aperte. Aliás, não é só a fome que aperta, os pés são os primeiros a dar o alarme. Aquele joanete começa a dar alteração, esmagado entre as costuras dos sapatos. Depois é a calça. O volume na perna esquerda fica indisfarçável. Antes que o pior aconteça, tenho de estar perto de casa, já com o rango debaixo do braço.

Epa! Aquela ali tem um belo traseiro. Será que dá para parar aqui rapidinho sem levar multa? Abro a porta e faço as perguntas de sempre. Tudo acertado, cumpro a última parte do ritual antes de bater a porta do carro e descalçar os sapatos, feliz da vida: olho para a Lua e sorrio de volta.

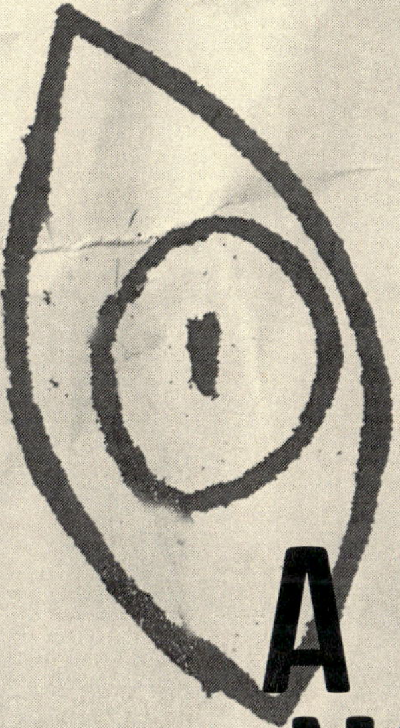

A DISTOPIA NOS ESPIA

(pesadelos em sociedades futuras ou alternativas)

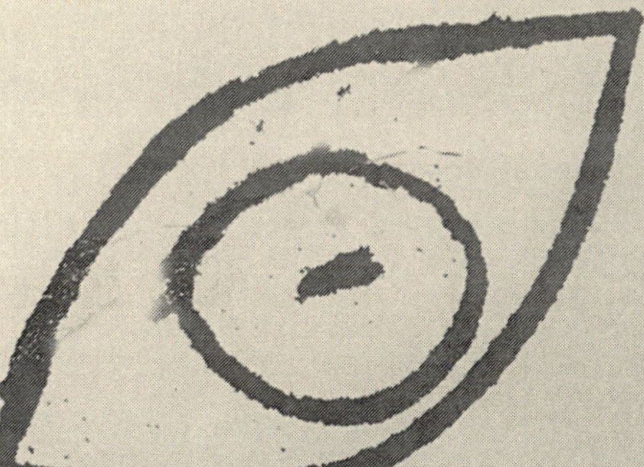

O Ninho no Nariz do Boneco

De toda a tralha que encontrei na despensa — vasos de plantas ainda com terra, ripas de madeira sabe-se lá de onde, raticida na embalagem lacrada — o que mais me impressionou foram as trinta cabeças, vinte e cinco de meu pai e cinco de minha mãe, cada uma apresentando a última expressão antes do desligamento. Hoje acredito que o número maior para meu pai se devia ao fato dele passar mais tempo comigo, enquanto mamãe levava cerca de sete horas diárias no trabalho, longe de minha vista. Ou assim me disseram. Foi ali, de pé no quartinho que funcionava como depósito do apartamento, aos oito anos e diante do armário proibido, que aprendi que todos mentem. O tempo todo.

Naquela noite, não consegui fechar os olhos. Aproveitei o silêncio e fiquei encarando o céu da janela de meu quarto, que, por sorte, dava para um lado do deserto e não para as outras torres pontiagudas que circundavam o prédio em que morávamos. Nunca aceitei nossa arquitetura. Agulhões, torres tão finas que pareciam seringas prontas para injetar sabe-se lá o quê no traseiro de algum gigante incauto que desse o azar de tropeçar por ali. Mas a vista… ah, a vista.

Não bastasse o céu em craquelê azul, a areia duplicava a sensação de vivermos em um daqueles globos de neve, tão comuns nas antigas culturas do Norte, onde o verão é inverno e vice-versa, mas à noite, principalmente nos minutos anteriores ao amanhecer, o lusco fusco era um festival violáceo. Todas as lembranças dessa época parecem infiltradas por areia azulada. Porém, foi naquela noite que decidi quebrar o vidro do globo de cristal e descobrir o que eram meus pais, aquelas cabeças no quartinho dos fundos.

A manhã veio como sempre e eu estava como nunca. Acordei antes de meus pais, tomei o café sozinho e me comportei como o que achava ser um adulto por todo o dia. Não reclamei da comida, dos deveres de casa ou do tradicional bullying virtual durante a aula. Nem quando a impressora 3D fez das suas, se recusando a imprimir um sólido para a aula de geometria, soltei um impropério. Só me faltava a auréola. É claro que os dois, durante o jantar em família, estavam perplexos. Mal conversavam entre si, mas me bombardearam com perguntas, sendo que a menos idiota foi "está se sentindo bem?".

Eu estava ótimo por fora e era ódio por dentro.

Mal podia esperar pela madrugada, pela investigação no quartinho, pela aula depois da aula que me esperava. Seriam robôs? Seriam manequins? E se eu falasse com elas? E se perguntasse às cabeças o que achavam daquela vida enfiada em um armário escuro, sem janelas para o deserto? E se elas respondessem? E se pedissem por sua liberdade? O que eu faria? Provavelmente jogaria todas pela janela para voarem verticalmente até a areia lá embaixo. Encherem de grãos azulados suas bocas impassíveis, seus cabelos seguros por redinhas diáfanas, seus olhos sempre abertos, mas cegos. E se chorassem e não pudessem gritar? E se chorassem sem lágrimas? E se estivessem presos em seus crânios, conscientes de tudo, mas com os terminais nervosos desligados? E se seus corpos fossem fantasmas, daqueles que provocam comichão mesmo sem existência física? Tinha ouvido dizer que pessoas amputadas sentem coceiras e dores nos membros que não existem, então não havia razão para aquelas cabeças, caso fossem sencientes, não quererem coçar os corpos que não estavam ali. Achava aquela linha de raciocínio muito lógica.

Todos adormeceram e lá fui eu, depois de alguns minutos para me certificar que não estavam acordados, fazendo aqueles sons estranhos em seu quarto, me esgueirei até o quartinho. Esbarrei em um banquinho na cozinha e congelei, esperando que um dos dois aparecesse para se meter na minha vida, mas o sono devia ser forte naquela noite.

Escancarei a porta do armário. Nada.

Nenhuma cabeça me aguardava ali, apenas os mantimentos para o resto da semana. Revirei tudo o mais silenciosamente que pude, mas não havia nada em lugar algum. Ao terminar, sabia que alguém estava atrás de mim. Meu pai, envergando uma expressão de estranheza, cenho fechado ao ponto das sobrancelhas se tocarem no centro da testa, me perguntava o que diabos eu estava fazendo acordado àquela hora.

Eu conhecia meu pai. Se desconfiasse de eu ter encontrado as cabeças, estaria com uma cara de raiva, mas não era o caso. Era uma dúvida genuína a respeito do que eu estava fazendo ali e da minha sanidade.

Não tentei inventar nada. Apenas sorri sem jeito, pedi licença e voltei ao meu quarto. Ele veio atrás de mim em silêncio, talvez para não acordar a mamãe, mas ainda com cenho franzido. Esperou eu me deitar e, encostado no batente, sussurrou que conversaríamos no dia seguinte. Assenti e pedi para o quarto apagar as luzes.

Pensei que passaria outra noite insone, mas logo estava caminhando em sonhos por vielas mal iluminadas e tão estreitas que mal deixavam meu corpo passar. As janelas ao redor prenhes de olhos, mosaicos de íris alaranjadas.

Acordei. À janela, areia, azul.

Durante o banho matinal, imaginava o que viria na conversa subsequente. Meu pai esperava à mesa, minha mãe bebericava o café — preto, como sempre — já pronta para sair, mas dedicando aqueles preciosos minutos pré-embarque ao filho recalcitrante. Papai era mercurial, emoções no rosto. Minha mãe, ao contrário, esfinge, economia espartana de expressões. Decifra-me ou não, não importa. Devoro-te de qualquer jeito. Ou bebo-te como o café. Puro.

Sentei-me diante deles como um réu. Expliquei que meu comportamento estranho nos últimos dias se devia a um certo amor não correspondido na classe virtual de mandarim e que logo passaria, como todas as paixões. Sim, eu era tão maduro. Ou ao menos achava que fingia muito bem.

Mamãe revirou os olhos. "Coisa besta. Podia estar me divertindo, me arrumando, mas não, estou aqui perdendo tempo com o menino que acha que é adolescente. Tchau, estou atrasada. Como sempre."

As sobrancelhas de meu pai, por outro lado, não voltaram aos lugares de praxe. Queria saber o que tinha uma coisa a ver com a outra, na cabeça dele depósitos e amores perdidos não combinavam. E estava correto, a não ser que eu inventasse uma desculpa mais escabrosa ainda. Não foi difícil: queria um lugar afastado para chorar.

Aos oito anos não se chora por amores perdidos, disse meu pai. Nem se sabe direito o que é um amor. Mas eu sabia. Ou dizia saber. Precisava acreditar para ser convincente. Não queria que ele perdesse a cabeça. Ou tirasse.

Tudo certo, mas precisava dar um jeito nisso se quisesse viver bem, disse com ares de quem sabe muito e como se eu não ouvisse os gritos que os dois trocavam todos os fins de semana por motivos espúrios. Derrubou no chão minha bolsa de trabalho, jogou fora minha coleção de revistas de arte, quebrou meu perfume francês, acabou o café e por aí vai, num infinito de atritos desnecessários, mas eu era quem precisava de conselhos, claro. Porque as crianças não sabem nada.

A solução era simples. Bastava devanear minha musa sofrendo de uma diarreia devastadora e todo o amor desceria por meu esgoto imaginário, deixando no lugar uma hilaridade irresistível. Eis o que meu pai entendia como conselho sentimental para um menino de oito anos. Provavelmente foi por isso que nunca me apaixonei.

Mas o importante é que ele estava convencido e suas sobrancelhas voltaram ao local de origem. Pronto, agora só precisava sanar uma dúvida: saber se realmente tinha noção do que estava acontecendo ou se estava fazendo um jogo. Não, não faço ideia se realmente racionalizei o que fiz a seguir ou se é delírio. Afinal, faz tanto tempo que posso ter inventado metade do que estou narrando aqui. A mente tem horror a buracos e tende a tapá-los com a imaginação, essa hidra que mora no pântano do inconsciente. A minha, então, é um bicharoco com mais de vinte cabeças.

Perguntei se não achava que mamãe andava diferente.

Para meu espanto, as sobrancelhas voltaram a se mexer, mas assumindo um desenho diferente. Não mais a forma de asas de corvo, mas arcobotantes, deixando a cara dele com jeito de catedral. Uma Notre Dame assustada. De onde eu tinha tirado aquilo? Diferente como? Desde quando eu percebia isso? Um vendaval de perguntas que não queriam respostas.

Tentei explicar com meu vocabulário diminuto que havia percebido pequenas mudanças de comportamento, que mamãe não era mais como eu lembrava dela aos cinco anos (como se eu lembrasse de alguma coisa anterior ao ano passado...), que algo no rosto havia se transformado. E a cada frase, as sobrancelhas pareciam querer desgrudar da testa de papai. Depois de alguns segundos de silêncio, encarando o nada acima de minha cabeça, decidiu encerrar o assunto. Eu estava enxergando coisas onde nada existia. Que me preparasse para a aula de mandarim e guardasse na memória o que deveria pensar ao rever minha suposta amada. Diarreia e latrinas, ouviu? Não há amor que resista. Não, não mesmo.

O dia foi ridículo. Papai trancado no escritório, evitando esbarrar comigo, fingindo que trabalhava. Anoiteceu, mamãe chegou, jantamos e, depois de tantas horas de silêncio, me recolhi ao quarto. Esperei pelo turbilhão e não me decepcionei. Foi uma torrente de gritos e impropérios devidamente abafados pela cortiça eletrônica. Pedi ao apartamento que filtrasse os sons para que pudesse entender o sentido da brigalhada no segundo quarto. Acusações sobre comportamento errático e coisas que filhos não deveriam saber em relação aos próprios pais — ou ao menos acho, hoje, que não deveriam. Ouvi de tudo um pouco, palavras pesadas, mas nada a respeito de cabeças sobressalentes. Nada que me interessasse de verdade.

Esperei que a pantomima se acalmasse. Durou exatas duas horas, mas finalmente silenciaram e papai nem foi dormir no escritório como vinha fazendo com certa constância.

Silêncio absoluto por quarenta minutos e lá fui eu dar outra incerta no quarto dos fundos. Porque se não foram eles que tiraram as cabeças, então foi outra pessoa que assombrava a casa. Fiz tudo direitinho, nenhum barulho. Abri a porta, acendi a luz manualmente.

E nada. Nenhuma cabeça, nenhuma expressão morta. Apenas eu, sozinho, em um quarto assombrado. Reunindo toda minha coragem, apaguei tudo, fechei a porta e recuei de costas, sem tirar os olhos do breu dentro do quarto. Se alguma sombra se mexesse meus gritos seriam ouvidos na Lua, mas nada aconteceu, talvez porque nada aconteça quando olhamos diretamente. Todo mistério só se realiza no canto do olho, nada acontece no nariz do boneco.

Adormeci. Sonhei, de novo, com ruas estreitas, mas as pupilas alaranjadas não estavam atrás das janelas. Dessa vez, os olhos não estavam sós. Vieram acompanhados das cabeças de meus pais, ostentando diversas expressões, em uma nuvem turbilhonante sobre o chão de areia azul. Eles gritavam em silêncio, esgares estapafúrdios sem trilha sonora, ao vento. Meu ponto de vista mudou, saí das ruas, alcei o céu multicor e contornei a nuvem radiante. Via minha torre a quilômetros, brilhando, e as cabeças, indiferentes à minha presença, continuavam seu balé etéreo, assumindo formas aleatórias, ora um camelo desengonçado, ora uma cabeça de pássaro roca, gigante, capaz de engolir paquidermes. Embevecido por aquela imagem, esqueci o medo, mas a memória voltou quando um dos olhos se abriu e me encarou diretamente. Tive noção de meu tamanho diminuto perante aquilo e foi minha vez de berrar.

Acordei. Noite fechada ainda.

Sons baixos, mas indiscutíveis, vinham de além porta. Talvez do quarto dos fundos. Sons molhados. Meus oito anos não me permitiram sair da cama pelo que me pareceu uma eternidade. Acho que a reserva de coragem tinha escorrido pela perna da calça do pijama, mas como os sons não paravam, decidi que precisava decifrar o enigma naquele momento antes que outra noite viesse e os pesadelos me engolissem vivo com aquele bico enorme.

Cada passo foi uma tortura. Hoje recordo de não ter tomado qualquer precaução, até mandei que o corredor acendesse, sem receio de acordar meus pais, mas eles não levantaram de seus sarcófagos e, honestamente, não sabia mais se queria a presença deles naquele momento. O segredo, o medo, a ansiedade, tudo era só meu e indivisível. O barulho molhado continuava — pensando bem, parecia um mastigar, o movimento de muitas pequenas mandíbulas, centenas de boquinhas de bebês mascando alguma coisa muito saborosa. Lembrei de minha mãe me contando que minha avó dava bifes aos filhos, ainda bebês, para roçarem as gengivas desdentadas na carne mal passada e assim desenvolverem o gosto pela proteína. A imagem mental ainda revolta meu estômago, mas imaginei nenéns mordiscantes amontoados no quartinho com uma montanha de carne quase crua à disposição de suas mucosas infatigáveis.

Parei diante da porta. Atrás de mim, a copa banhada em luz. O som da mastigação incessante marcando o contratempo do coração.

Foi quando senti o cheiro. Hoje consigo identificar como algo próximo do almíscar, pois sessenta anos são tempo suficiente para que nos acostumemos com odores de todo tipo de glândula, mas aos oito anos eu só conseguia pensar que não suportaria ficar perto de algo ou alguém que cheirasse daquele jeito. Era como o cheiro de galinheiro, de pombal, como se inúmeras aves defecassem ao mesmo tempo. Lembrei do bico gigante, da cabeça de pássaro formada pelos rostos de meus pais. Das expressões mudas em desespero e dor. Sabia que o que estivesse ali dentro considerava o armário como seu ninho e não deveria ser incomodado.

Então o barulho cessou.

E o silêncio absoluto foi mais apavorante que o ruído ritmado de pequenas bocas em movimento contínuo. A coisa lá dentro sabia que eu existia e esperava meu próximo movimento.

Recuei pela segunda vez, mas, ao contrário da noite anterior, corri desembestado para meu quarto. Passei pelo corredor e esbarrei na porta do quarto de meus pais. Ela se escancarou revelando o aposento vazio.

Engoli o grito, mergulhei na cama e cobri a cabeça. Chorei até ficar sem forças. Era óbvio que estava sozinho no mundo.

Acordei ao som das risadas.

Há muito tempo não ouvia risos ao amanhecer.

Levantei, tomei a ducha matinal. Percebi que não lembrava dos sonhos daquela noite.

Saí vestido do banheiro e me dirigi à copa, onde, acima das xícaras de café escaldante, as cabeças de meus pais me observavam, sorridentes. Foi a última vez que os vi assim. Poderia ficar assustado, mas não. Já sabia o que fazer.

***

Hoje, tantos anos depois, em minha cela, meu ninho, aguardo a volta da escuridão absoluta. Sei o que está diante de meu nariz e agora o pássaro sou eu, pronto para devorar a bicadas o que vier pela frente. Disseram que os matei com alguma coisa, talvez raticida no café, mas imagino que envenenar robôs deva ser muito difícil, mesmo aqueles parcialmente compostos por partes biológicas. Todos os dias reafirmam atrocidades cometidas por mim, com aquelas vozes veementes, autoritárias e cheias de certezas. Todos os dias dos últimos cinquenta anos. Mas me aferro a uma única verdade, meu mantra, minha religião particular.

Todos mentem. O tempo todo. Sem exceção.

Os Olhos de Quem Vê

— Perdi a conta de quantas vezes sonhei com aquela cena: eu, ela e o Mundo.

— Vai contar tudo outra vez?

— Estou enchendo o seu saco? Quando falo nela, nunca sei se estou sendo chato.

— Não, pode repetir. Essa história tem uma certa beleza na sua voz.

— Então tá certo. Se você não se importa… eu, ela e o Mundo! Mas na verdade não é exatamente como imaginei, né? O Mundo não está vivo, ela não está apaixonada e eu não sou um super-herói.

Tudo começou com aquela conjuntivite esquisita, que veio lesando uns, cegando outros e, meses depois, matando a maioria. Você ouviu aqueles médicos que afirmavam que o vírus percorria o nervo ótico e se alojava no cérebro? Eu ouvi. Também disseram que foi por causa da poluição da Baía da Guanabara. Não lembro direito, mas acho que nos anos 80 houve uma injeção de capital estrangeiro na cidade, exatamente para despoluir a Baía. Como sempre, o dinheiro sumiu, ninguém sabe, ninguém viu e agora nem interessa mais. A doença se encarregou da maior reforma social que o Rio já viu, sem dar a mínima para as diferenças sociais. Matou médicos e mendigos, militares e meliantes, mas como dizia aquela música, o Rio de Janeiro continua lindo, o Rio de Janeiro continua sendo...

Eu morava com minha mãe e minha avó. A velha, com seus 85 anos, tinha sofrido um derrame e, se já estava meio gagá, depois disso desceu a ladeira. Ficou cega, surda e meio doida, com fases de "desligamento" que ajudavam muito na convivência, porém, coisas simples alimentá-la e levá-la ao banheiro viravam batalhas campais. Minha mãe, que não era nenhuma criança, foi definhando, definhando até eu não conseguir ver muita diferença entre as duas. Mas o que ficou marcado em minha memória foi o dia do derrame em si, quando eu e minha mãe botamos a avó no carro e percorremos quase todos os hospitais da Zona Sul pela madrugada. Foi quando tomei conhecimento da situação da cidade. Sem vagas, sem leitos, sem médicos, sem porra nenhuma. Minha avó respirava com dificuldade, soando como um carro com escapamento furado. Mamãe berrava qualquer bobagem no pé do ouvido da velha, procurando provocar alguma reação, o que me deixava ainda mais tenso, dirigindo com o pé na tábua, desviando de mendigos (sei lá se eram mendigos; àquela altura já deviam ser doentes largados na rua por famílias que tinham medo de contaminação), matilhas que viravam latas de lixo e que aparentemente, à noite, atacavam os desavisados, ou grupos que fechavam algumas ruas com o intuito de assaltar automóveis que, ingênuos, parassem em sinais vermelhos.

O quarto hospital que tentamos foi o da Lagoa. Infelizmente, lá conseguimos atendimento. Infelizmente porque o cheiro era insuportável. A Lagoa Rodrigo de Freitas estava coberta por um tapete — não, uma crosta — uma camada rígida de peixes mortos. Aquele hospital acabou sendo o único a ter vagas porque ninguém aguentava o fedor. Ainda assim, para que a velha fosse atendida, precisei subornar quinze pessoas, incluindo doentes na fila de espera, duas enfermeiras e um dos dois médicos presentes, um guri que provavelmente nem formado era, mas que devia ter enterrado mais pacientes que os pelos que nasciam na cara.

Apesar do suborno médico ser uma prática antiga e constante, fiquei meio irritado por gastar mantimentos e água potável que guardava no carro para tentar salvar a vida daquela mulher que, quando minha mãe era criança, tinha encarcerado e espancado os filhos em diversas ocasiões pelos motivos mais idiotas e que achava que a correia ou um pedaço de pau eram instrumentos educacionais tão úteis quanto um quadro negro. Já estava emocionalmente anestesiado, doido para sair dali, mas minha mãe, histérica, empurrava a cadeira de rodas com a velha, que roncava que nem um bicho, com dificuldades para respirar. O garoto de branco virou-se para mim depois de uma olhada na paciente e falou em voz baixa que eu não me espantasse se minha avó não sobrevivesse. Respondi "por mim, tudo bem" e ele ficou me encarando entre o surpreso e o cansado. Voltamos para casa pela manhã, com a danada vivinha da Silva.

E ela continuava viva e incólume dois meses depois, quando minha mãe contraiu a doença. Prevendo o que aconteceria, resolvi invadir um apartamento vizinho que sabia estar abandonado. Mudei rapidamente meus livros, roupas e mantimentos para lá e, quando mamãe morreu, olhei para aquela sobrevivente estúpida que não entendia nada do mundo à sua volta, balbuciando e babando, sentada no meio da sala, sem ninguém mais pra limpar a sujeira que fazia os montes na poltrona que havia pertencido a meu pai, dei meia volta, desejei boa sorte a ela. Alguém que havia sobrevivido à Gripe Espanhola, a dez irmãos e a duas ditaduras sem esmorecer podia se virar sozinha e passar por mais uma crise. Aquele abraço.

***

Oficialmente, foi assim que começou, mas, na verdade, o início foi meio ano antes do aparecimento das primeiras vítimas. Para mim, começou quando conheci a Carmen.

Hoje me pergunto por que Carmen ficou comigo por um mês se sua cabeça estava longe, pensando em um cara do qual ela nunca mais ouvira falar. Olhando para seu corpo magro e abatido de agora, muito diferente do que possuía quando nos conhecemos, percebo que eles eram almas gêmeas. Comigo era apenas sexo e, por conta disso, nos separamos.

Nos reencontramos pouco depois, uma semana, acho, depois da fase crítica, quando ainda se podia ver corpos pelas ruas, mas nenhum andando. Foi natural que, mesmo depois de ano e meio de separação, ficássemos abraçados por cinco minutos, de pé no asfalto quente. De lá pra cá, passamos a morar e dormir juntos. Acho que chegamos a um denominador comum, mas ela não me ama.

Algumas vezes, durante as peregrinações pelo bairro, invadindo supermercados — sabe, morar em uma cidade fantasma tem suas vantagens. Quer um carro japonês novinho? Pega aí na esquina, Empurra o cadáver para o banco do carona e manda ver! Que tal aquele iPhone novo? Pega. Leva! Contanto, claro, que você não faça questão de usar a internet ou mandar um WhatsApp. Hoje em dia, as redes sociais são iguais ao Saara: estáticas, desertas e mortas — percebo minha companheira triste, calada, e repito para mim mesmo que cumpro meu papel, sou perfeito e, na verdade, não sou um amante de merda.

Ontem jantamos juntos, à luz de velas. Bom, não há mais outro tipo de iluminação noturna, mas ainda assim, foi bonito e romântico. Comemos pernil regado a chianti. Peguei o violão e arranhei uma versão canhestra de *Detalhes*, afinal de contas, onde já se viu Natal sem Roberto Carlos? Ela riu, bateu palmas e, à meia noite, tocamos presentes. Dei a ela um vestido de noite que tínhamos visto naquela loja chique que ela adora e eu sempre esqueço o nome, onde as vendedoras atendiam a gente com o nariz empinado e cara de nojo, como se estivessem fazendo um favor (para você ver como são as coisas... agora, quem faz cara de nojo para elas sou eu), enquanto ganhei o livro que faltava na minha coleção do Bertrand Russel, mais uma gravata de crochê feita por ela.

Depois do vinho, gargalhamos abraçados sem dar importância ao destino dos presentes embaixo de nós. Foi quando ela sussurrou ao meu ouvido "acho que estou grávida". O saldo em estragos resultante de meu susto foi alto: quebrei a louça ao me apoiar na mesa, quebrei a mesa ao cair no chão e arranhei o piso. Ela riu como não via desde que começamos a namorar, milênios atrás. Sorri também. Foi nessa noite que me senti como um super-herói.

— Sei. E hoje ela está morta — diz o Beto, saindo da minha frente e me deixando ver a Carmen, girando, pendurada no suporte da luminária do corredor — que é antiga e resistente — o vestido que dei de presente enrolado como uma corda em volta do pescoço. Eu devia ter fechado a janela. O vento frio desta cidade desgraçada faz com que os pés descalços balancem em arcos maiores e isso me incomoda.

— É. Ela se matou no meio daquela noite. Mas ao menos não foi embora, como da última vez.

Beto mantém o sorriso.

— Rapaz! Você ainda não entendeu, não é? Ela foi embora, sim. Não é guardando o corpo que você vai fazê-la ficar, mas pode contar a história outra vez se isso te agrada. Sou todo ouvidos. Não tenho muito mais o que fazer.

Paro, irritado, por um segundo, olhando para o rosto sorridente. Ele não está sendo meu amigo. Decidi que não gosto do sorriso, fecho a mão e dou um soco bem no nariz de Beto. O sorriso parte ao meio. Os olhos marejam e continuo batendo até que os últimos pedaços do espelho ensanguentado se espatifam no chão do banheiro.

Encaro o espelho quebrado onde alguns cacos renitentes teimam em mostrar os olhos de Beto. Não preciso de amigos assim. Ninguém precisa.

Recordando Judas

Hoje em dia todo mundo tem uma arma.

A minha tem um acessório que me permite conectar mentalmente com uma dezena de pessoas ou mais.

Isso me faz um candidato perfeito para o cargo de Messias, porque posso inspirá-los a pensar exatamente o que quero que pensem por pelo menos dois minutos.

Acreditem em mim, dois minutos é mais do que o suficiente quando tudo que você quer é a alma do povo.

O curioso é que jamais quis ser um Jesus. Prefiro o outro lado. Nunca soube o que fazer com almas, mas sei o que fazer com dinheiro e ganhei tanto no ano passado que hoje em dia me sinto menos ambicioso.

Penso em me aposentar e ensinar a técnica a algum discípulo, alguém que queira dar continuidade à minha viagem pela senda do enriquecimento. Talvez já possua mais do que necessito.

Oi? Como? Você quer saber como isso funciona? Ah, é muito fácil.

Tem dois minutos?

Autorretrato de uma natureza morta

Arremessei o quadro do meu pai ao fogo pouco antes dos soldados arrombarem a porta. Apesar das chamas altas, a tela não foi completamente consumida e um dos invasores conseguiu resgatar os restos mortais de uma promissora imitação de Seurat, com pretensões a Picasso. Já percebeu como todo mundo acha que consegue imitar os impressionistas? Um dia gostaria de ver uma obra psicografada de Velázquez ou de Rubens. Se for verdade essa conversa de vida após a morte, dois pontos precisariam de resposta urgente: primeiro, por que os renascentistas não produzem nada e, segundo, por que os modernistas não mudam de estilo. Tenho cá as minhas respostas, mas como são um pouco ofensivas aos autoproclamados médiuns que afirmam contatar o além, prefiro voltar ao tópico principal deste relato, que é o fato de minha família ser agredida pelas forças armadas.

O irônico é que meu pai era militar. O tempo do verbo está correto, era militar, não é mais. Se bem que agora nem mesmo um ser humano ele é, mas divirjo. Meu pai era militar e a ironia acaba aí. O resto é apenas fumaça e dor.

O quadro era uma festa de vermelhos e laranjas explodindo de camadas de verdes. Não, eu não gostava, mas isso não vem ao caso. O que importa é que era uma obra pontilhista que flertava com as distorções cubistas e todo mundo sabe que ditaduras odeiam essas coisas. A arte em tempos de governos fortes é preferencialmente realista - evito o termo "acadêmico" porque a academia deveria estudar toda e qualquer coisa - já que a técnica encobre o significado. O "não-realismo" obriga a sentir, a pensar... e pensar é tudo que o Estado não quer que você faça.

O Estado exige dedicação total, corações e mentes. Em consequência, vivemos escorraçados e com medo. Claro que todo mundo sonha em dar um tiro na cara dos Apolônios, Apolíneos, Apo-sei-lá-o-quê, mas estávamos todos muito ocupados nos divertindo com os brinquedos de alta tecnologia que eles nos deram de presente. Vivíamos uma Era das Maravilhas nos anos 70, com telefones portáteis movidos a baterias, televisores do tamanho de paredes, computadores de pulso e até videofones. A verdade é que os Apóstolos eram o problema menor. A raiz dos males sempre foi a própria humanidade, principalmente no Brasil, com destaque para o Rio de Janeiro, e focando no meu bairro. Só faltou dizer que minha rua é a mais mal afamada do mundo, mas seria um exagero mesmo para a pobre Nossa Senhora de Copacabana, coalhada de igrejas e prostíbulos, supermercados e bocas de fumo. É isso aí. Há quem pense que em ditaduras não há lugar para o tráfico de drogas. Bah, conversa fiada. Todo mundo precisa lavar dinheiro.

Mas toda essa merda — que resultou na queima do maldito quadro — começou com a descoberta da tortura, pelas mãos do exército, do filho de um amigo de meu pai. E o velho não era muito bom de deixar essas coisas passarem batidas sem alguém ouvir algum tipo de espinafração, mesmo que esse alguém fosse uma pessoa completamente por fora das paradas, como, por exemplo, eu. Nesse caso, porém, ele sabia exatamente no rabo de quem deveria enfiar a perna mecânica. E dessa vez ele enfiou tão fundo que o sujeito ainda deve estar sentindo gosto de alumínio e óleo de máquina na úvula.

Ah, não contei como o velho perdeu a perna, contei? Pois é, ele estava em um treino com as novas tecnologias fornecidas pelos Apoláceos e, bem, só preciso dizer que ninguém sabia mexer direito com aquilo, certo?

Alguém apontou um desintegrador sem a trava de foco de segurança (é, trava de foco de segurança. É um projetor de luz, logo, precisa de foco, não perguntem) e um monte de gente se machucou. Meu pai deu sorte, ficou sem a perna. Muita gente ficou sem cabeça. Mas voltemos ao que interessa.

Meu pai, adepto de uma noção talvez antiquada do conceito de militar, não gostou de saber que o filho do amigo dele era torturado por um bando de animais usando uniforme. É aquela coisa, o velho dizia que seu sonho seria encontrar o Guevara frente a frente, passar bala nele e depois bater continência para o moribundo. Esse era o tipo de ação militar na qual o velho acreditava, nada de salas escuras, luzes bruxuleantes ou farpas de bambu nos dedos. Uma vez pensei em dizer a ele que bombardear pessoas à distância também não era sinal de grande coragem, mas acho que seria uma discussão inútil. O fato é que ele pegou um telefone das antigas e ligou para outro amigo no Ministério do Exército. O sujeito era um figurão e combinou um almoço com papai para o dia seguinte, onde poderiam discutir toda essa confusão sobre tortura.

O velho virou aquela noite pintando. Como era alérgico a tinta a óleo, usava têmpera e, como acabamento, uma demão de verniz. Isso afetava as tonalidades das cores, tornando-as mais escuras, e o obrigava a pintar fazendo testes e mais testes para antecipar a tonalidade correta antes de partir para a versão final. Depois de anos tentando emular os expressionistas abstratos, tentou voltar às origens, esboçando uma natureza morta que deixou minha mãe desesperada ao juntar uma galinha morta, algumas frutas podres e, para minha surpresa, um de meus telefones portáteis, sobre uma baixela de prata. Perguntei o que diabos era aquilo e ele foi peremptório:

— É um autorretrato.

Durante qualquer ditadura, há dois caminhos para os artistas: ser relevante e morrer de fome ou usar metáforas. Quanto mais complexas as relações entre o Poder e a paleta, melhor. E isso vale para tudo, desde a pintura até a música, passando pelo teatro e a literatura. Fale o que pensa e, na melhor das opções, você vai em cana. Como um paradoxo ambulante, milico e pintor modernista, o velho passeava pelos dois mundos, conversando tanto com os milicos quanto com a vanguarda. A decepção com os primeiros era cada vez maior e culminou com o acordo com os alienígenas, por volta de 1974. Papai era da opinião que dez anos de intervenção militar era mais do que qualquer democracia poderia tolerar, mesmo diante da tal "ameaça comunista".

No dia seguinte, acordei com o barulho do chuveiro. O velho decidiu se preparar cedo para o tal almoço e escolheu seu melhor terno. Às onze horas, pousou a mão em meu ombro e me mandou ficar de olho na instalação, impedindo a todo custo qualquer intervenção de mamãe e sua brigada de faxineiras suicidas, mesmo que as moscas estivessem disputando uma final de campeonato sobre a carcaça da galinha. Jurei que assim seria.

Ao meio-dia o celular, sobre os detritos que deveriam se a obra de arte de meu pai, o celular começou a falar. Era a voz de meu pai, rouca por culpa de uma sucessão infinita de cigarros, mas ainda assim clara. Ele não perdeu tempo, foi direto ao ponto, perguntando o que havia acontecido com o rapaz filho do amigo em comum. A outra voz, mais distante, mas reconhecível, respondeu com detalhes que na época me pareciam ininteligíveis. Tinha a ver com os Apopléticos, sim, mas com detalhes que do alto de meus quatorze anos não tinha condições de entender.

Parecia que os alienígenas (sei que não gostam desse nome, mas fodam-se, é o que eles são, certo?) do alto de seu monte olimpo particular haviam detectado movimentação suspeita no meio de Goiás e solicitaram ação imediata das forças armadas, que imediatamente saíram por aí assuntando. Logo prenderam alguns jovens - sim, todos os presos tinham menos de trinta anos - e usaram as táticas de sempre, cortando alguns dedos dos rapazes e moças no Rio, na Bahia e em São Paulo, até descobrirem que, sim, havia uma célula de guerrilheiros atuando próxima ao rio Araguaia.

Em dois dias cerca de vinte e dois guerrilheiros foram pulverizados por raios vindo do céu, eles e diversas comunidades vizinhas, incluindo uma aldeia indígena, foram fazer companhia à perna de meu pai, devidamente pulverizadas. O som que se seguiu foi de uma quebradeira, como se as pessoas do outro lado da linha estivessem brigando, e logo depois a linha caiu. Nesse momento eu estava pasmo, mas ainda não tinha compreendido o horror, até que minha mãe, que havia entrado no quarto se eu perceber e ouvira tudo, chorou.

Fui arrastado contra minha vontade, ainda gritando que tinha de cuidar da obra de arte do papai, e arremessado no centro da sala, enquanto mamãe zanzava de um lado para o outro sussurrando coisas como "na casa da Zulmira não dá" e "vão matar a todos, todos!". Depois jogou uma mala no meu colo e berrou "faça as malas, faça alguma coisa! Anda".

Meia hora depois, a polícia militar arrombou a porta. Ainda estávamos no quintal queimando documentos e eu acabara de jogar o quadro de papai ao fogo, mas deu tempo de escalar o muro até venda do seu Eugênio e escapar de fininho antes que os milicos percebessem que havia mais alguém na casa além de minha mãe e as empregadas. Corri até a rodoviária com o dinheiro da passagem para Minas e, por milagre, consegui escapar, talvez porque, de certa maneira, todos os adolescentes se pareçam. Cheguei ao sítio do padrinho da mamãe e passei um ano escondido, sem dar as caras. Depois recomecei a vida, outro nome, outra história. Tornei-me pesquisador e artista plástico. Sabe aquele segundo tipo de artista? Pois é. Ganhei a vida servindo aos meus mecenas, esculpindo peças cheias de metáforas sobre o sucesso da ditadura e de seus patronos.

Hoje, porém, é um dia especial. Preparei uma peça especial que será inaugurada depois do desfile de Sete de Setembro, no Aterro do Flamengo, diante da comitiva dos aliens (é, eu sei). Ela é composta por uma carcaça de frango medindo três metros - milagres da genética apopleticana — algumas frutas gigantes apodrecidas, mas sem cheiro, das quais sou particularmente orgulhoso pela perfeição dos detalhes, e uma réplica em escala de meu velho celular. O mais legal é que esse celular enorme, vejam só, funciona e, caso eu queira fazer uma ligação daqui de casa, ele vai dar sinal e até reproduzir pelos alto-falantes qualquer mensagem.

Pena não que não vou poder ver as caras de meus patrocinadores quando as bananas explodirem, mas tenho certeza que meu pai, de onde quer que esteja, dará boas gargalhadas.

A Arte da Guerra

PARTE I

O estrondo fez a terra tremer. Todos corremos para as casamatas improvisadas e alguns retornaram à nave, apesar de sabermos que a artilharia dos subversivos era, na melhor das hipóteses, antiquada. Ainda assim, ninguém estava disposto a se atingido por um obus e logo estávamos todos enfurnados em um espaço mínimo, esperando pelo bombardeio.

De acordo com nossas informações, esse canhão inesperado deveria ser uma peça antiga, com precisão perto de zero e a munição provavelmente se resumiria a uma única salva, mas esperamos para ver se não haveria outras surpresas. Três minutos depois, enviamos o praça Dijou para dar uma olhada no estrago.

O soldado voltou com as mãos cheias de papéis, alguns chamuscados, outros rasgados, a maioria bem suja de lama, pois havia chovido no dia anterior. Estiquei os olhos, tentando identificar alguma coisa impressa, evitando o contato com um dos papéis menos imundos. Não conseguia imaginar o motivo de bombardear o inimigo com folhetos, a não ser que os papéis contivessem algum tipo de veneno que impregnasse a pele. Se fosse o caso, o praça Dijou estava vivendo seus últimos segundos na Terra, mas como o rapaz parecesse bem, sem sinais de envenenamento, resolvi arriscar.

A tropa se aglomerou ao redor de mim, olhando para o folheto de doze páginas que eu tinha em mãos. O papel era de baixa qualidade, impresso em apenas uma cor — preto — e manchava a mão. Quando percebi meus dedos enegrecidos, um receio voltou a percorrer minha espinha, mas o que vi era por demais intrigante para me fazer esquecer a possível ameaça tóxica.

Eram desenhos dispostos em sequência, retratando em traços simples os subversivos e nós, apolinianos, como se fôssemos personagens de uma pantomima. Os personagens, às vezes repetidos, davam a impressão de movimento caso passássemos os olhos em sentido de leitura ou mesmo quando olhávamos as páginas como um todo. Havia ali uma tentativa de comunicação, um convite à decodificação ao qual nenhum de meus homens parecia imune. Ficamos lá, hipnotizados pelo libreto de papel barato, enquanto as figuras dançavam imóveis diante de nossos olhos coletivos. Sobre suas cabeças delineadas, flutuavam elementos estranhos parecidos com elipses, mas com pequenas pontas direcionadas para cada personagem, contendo letras ou outras imagens, em um quebra-cabeça meticuloso em sua estática simplicidade estética.

Cada página era subdividida por três séries horizontais de três quadrados e, dentro de cada um, uma imagem se apresentava como parte de um contexto maior. No geral, lembravam os mosaicos que vi nas janelas dos tempos de minha juventude, mas era simultaneamente mais complexo e mais simples, sem as cores sedutoras, contando apenas com a iconicidade dos contornos e a expressividade dos personagens para prender nossa atenção. Nunca tinha vista nada parecido, mas o mistério maior era por que os subversivos dispararam uma salva de canhão com revistas sobre nossas cabeças? Certamente, ninguém morreria por um tiro de papel.

A não ser que o alvo não fossem nossos corpos, mas nossas mentes.

[inserir a primeira tira da página 1 da HQ – segue roteiro]

Página 1

Quadro 1

Plano geral, em uma clareira da floresta, vemos um GUERRILHEIRO terráqueo, com roupas que remetem aos guerrilheiros do Araguaia dos anos 70 (referências em anexo) diante de um APOLINIANO, trajado com sua armadura de combate supertecnológica. O capacete/elmo, cuja viseira está abaixada em frente ao rosto, deixa o APOLINIANO parecido com um palhaço de circo. O APOLINIANO aponta sua arma para o GUERRILHEIRO, que está de braços levantados, mas com um ar de riso no rosto.

APOLINIANO: — PARADO AÍ, SUBVERSIVO! SUA HORA CHEGOU!

GUERRILHEIRO: — (riso abafado) PFF... RÊ, RÊ, RÊ...

Quadro 2

Close no APOLINIANO, que está com expressão sisuda.

APOLINIANO: — QUAL É A GRAÇA?

GUERRILHEIRO (EM OFF) — (GARGALHADA) HAHAHAHAHAHAHAHA...!

Quadro 3

Plano geral, GUERRILHEIRO está dobrado, gargalhando, com as mãos segurando a barriga, enquanto o APOLINIANO demonstra sua impaciência, baixando a arma e perguntando com os braços abertos.

APOLINIANO: — AFINAL DE CONTAS, O QUE DIABOS ESTÁ ACONTECENDO? TENHO CARA DE PALHAÇO?

GUERRILHEIRO: — (onomatopeia de riso ocupando muito espaço acima da cabeça) **HAHAHAHAHAHAHAHAHAHAHAHAHAHAHA HAHAHAHAHAHAHAHAHAHAHAHAHAHAHAHAHAHAHAHA HAHAHA!!!**

[fim da primeira tira da página 1 da HQ – volta ao texto normal]

Alguns dos soldados sorriram, um até reprimiu a risada com uma tosse fingida. Eu mesmo me surpreendi com a respiração alterada e os cantos das bocas retorcidos. Fechei a revista, guardei-a em um bolso interno do uniforme e mandei queimar todo o resto. Estabeleci fuzilamento para quem lesse o material dali por diante. Aquilo era veneno.

PARTE II

Gregório sabia o que fazer, só não tinha certeza do efeito nas tropas invasoras. As diferenças culturais, provavelmente, impediriam que os códigos linguísticos e imagéticos fossem devidamente decifrados, mas em um momento em que os conflitos chegaram a um impasse, a lógica ditava uma mudança estratégica, mesmo que fosse, literalmente, um tiro no escuro.

A verdade era que os apolinianos não sabiam como se mover na mata e, consequentemente, não conseguiam atingir as bases guerrilheiras, e, por sua vez, os guerrilheiros estavam impedidos de se mover, sob o risco de serem detectados e eliminados individualmente pelas armas voadoras dos invasores. Essa situação já durava semanas, até que o guia Bernardo, um lavrador local simpatizante da guerrilha, avistou uma tropa invasora perigosamente perto do acampamento. Foi uma sorte, porque se o aviso chegasse um dia atrasado, seria tarde demais e provavelmente o Pelotão A da Resistência estaria, hoje, dizimado. Era hora do tudo ou nada, usar a arma que tinham conseguido esconder durante meses, o canhão centenário, para dar um belo susto nos homens do espaço. Infelizmente, munição era artigo de luxo e as salvas teriam de ser poucas e precisas.

A primeira salva atingiu um grupo avançado de apolinianos em cheio. Foram quatro baixas dentre os inimigos e os sobreviventes correram com desorganização indigna de sua fama (ou dos receios dos guerrilheiros), buscando abrigo em casamatas improvisadas. Infelizmente, o cerco se estabeleceu a partir desse dia, pois, apesar de incapazes de localizar a base por satélite, graças a um sistema de camuflagem simples e prático onde a própria natureza funcionava como capa protetora, com árvores entrelaçadas e animais silvestres em contínua movimentação, os invasores estabeleceram um perímetro bastante efetivo. Apesar disso, o impasse se mantinha, sem maiores prejuízos para ambos os lados, até que um deles recebesse reforços. Obviamente, porém, qualquer tentativa de tropas guerrilheiras alcançarem o reduto seria rechaçada pelos sitiantes, enquanto nada impediria a chegada de novos soldados apolinianos. Resumindo, a situação era emergencial para os guerrilheiros e algo precisava ser feito urgentemente.

Foi quando Gregório lembrou de uma história que seu avô lhe contava sobre os tempos da guerra do Paraguai. O ditador cisplatino Solano Lopez, no auge do conflito contra a Tríplice Aliança, encarregou um time de ilustradores e jornalistas de produzir uma revista humorística em pleno campo de batalha. Chamava-se El Cabichuí, algo como "O Marimbondo", e era composta por charges e cartuns que ridicularizavam soldados, oficiais e até o imperador Dom Pedro II. O efeito dessas revistas era devastador e baixava o moral das tropas inimigas, mas o mais genial era a forma de distribuição pensada pelos jornalistas-soldados: eles carregavam os canhões disponíveis não com obuses, mas com montes de revistas, que eram arremessadas pelo ar e se transformavam em uma chuva de papel sobre as cabeças brasileiras. Como o desenho era uma linguagem universal, não havia a barreira da língua e o efeito era devastador no moral das tropas.

Gregório conseguiu resmas de papel e um mimeógrafo — uma sorte e um luxo naquele local e tempo, graças à professora da escolinha da região — e começou a rabiscar. O talento para desenho vinha da infância, como sempre, embalado em tiras de jornal e revistinhas ordinárias que seu pai comprava todo o fim de semana no jornaleiro. Cadernos de colégio sempre contavam com pelo menos duas caricaturas de professores, que às vezes viravam cartazes improvisados e, melhor, angariavam amizades e, ao menos uma vez, namorada. Desenhar poderia ter se tornado sua profissão, mas Gregório era um político nato e mesmo antes da faculdade, percebeu que seu campo de batalha era mais amplo que as margens de um papel almaço.

Quando os apolinianos chegaram, unindo forças à ditadura, aqueles que ainda tinham dúvidas a respeito da luta armada cederam ao chamado, por falta de palavra melhor, revolucionário. Gregório foi um deles, abandonando a família, estudando táticas de guerrilha e, finalmente, mudando de mala e cuia para Goiás, junto com um grupo de jovens aguerridos. A manutenção do grupo ficava por conta dos "velhinhos do Partidão", como chamavam a cúpula do PC do B, e uma vez por mês mantimentos e armas chegavam aos três acampamentos instalados no interior do estado. Gregório era o líder de um deles e levava a sério o trabalho de treinamento. Seus soldados, em grande maioria, eram universitários dos primeiros períodos de cursos tão díspares quanto arquitetura e enfermagem, e seus conhecimentos das respectivas profissões, rasos ao ponto da insuficiência. Ou seja, eram pouco mais que meninos, alguns mimados, que estavam ali pelo romantismo da coisa. Gregório não, ele sabia o que fazer e não era pouco.

Todos os dias, acordava às 4:45h para vistoriar as cercanias, verificar as armadilhas (um dia conseguiu capturar um tatu e o almoço resultante foi sensacional) e organizar os exercícios matinais. Daí por diante, até o anoitecer, o tempo era dividido entre ensino de táticas de guerrilha, estratégia e exercícios. Isso quando não acontecia um eventual entrevero com a polícia militar, que, no último confronto, saiu apavorada diante de uma emboscada capitaneada por Gregório e mais seis novatos munidos com trinta e oitos. Assim, todas as noites, entre oito e dez horas, quando todos estavam recolhidos, Gregório passou a praticar seu desenho, dando forma ao plano maluco.

Ele iria bombardear os invasores com quilos de caricaturas.

[inserir a segunda tira – desta vez de seis quadros – da página 1 da HQ – segue roteiro]

Quadro 1

Plano geral com o GUERRILHEIRO e o APOLINIANO frente a frente. O cenário é florestal, como o do sertão brasileiro. O APOLINIANO está todo paramentado, com uma armadura metálica, enquanto o GUERRILHEIRO está com roupas soltas, como se fosse à praia. O APOLINIANO aponta seu rifle para o GUERRILHEIRO.

APOLINIANO: — PARADO AÍ, SUBVERSIVO! SUA HORA CHEGOU!

Quadro 2

Mesmo plano do quadro anterior. O GUERRILHEIRO olha para cima. O APOLINIANO se mantém na mesma posição.

ONOMATOPÉIA: BRUUUUUMMM!

Quadro 3

Mesmo plano do quadro anterior. O GUERRILHEIRO e o APOLINIANO se encaram, na mesma posição anterior. Um pingo d'água cai sobre a armadura do APOLINIANO.

ONOMATOPÉIA: PLINC!

Quadro 4

Mesmo plano do quadro anterior. O GUERRILHEIRO e o APOLINIANO levam uma chuvarada na cabeça. Quase não se consegue vê-los, mas dá para perceber que estão nos mesmos lugares, nas mesmas posições.

ONOMATOPÉIA: CHUÁÁÁÁÁÁÁ!

Quadro 5

Mesmo plano do quadro anterior. A chuva passa e tanto O GUERRILHEIRO quanto o APOLINIANO estão nos mesmos lugares, nas mesmas posições, ambos molhados das cabeças aos pés. O GUERRILHEIRO, porém, está confortável, com um risinho no rosto, enquanto o APOLINIANO está com sua armadura toda manchada. O APOLINIANO começa a balançar levemente, produzindo um guincho de coisa enferrujada.

ONOMATOPÉIA: NHÉÉÉC, NHÉÉÉC, NHÉÉÉÉÉÉC...

Quadro 6

Mesmo plano do quadro anterior. O GUERRILHEIRO observa sereno enquanto a armadura do APOLINIANO se desmonta (menos o elmo), revelando um corpo magrinho e feioso.

APOLINIANO: DROGA [EM CORPO MENOR]

[fim da segunda tira – com seis quadros – da página 2 da HQ – volta ao texto normal]

— Isso é inaceitável!

O papel amarrotado em uma bolinha atingiu a testa do sargento, que permaneceu impassível. Os hábitos dos oficiais eram, por definição, inquestionáveis.

— Quero esses desonrados mortos, quero suas cabeças em minha mesa, quero tudo destruído! Nunca, em mais de trinta anos de batalhas, vi estratégia mais indigna.

O coronel bateu com sua prancha no peito do sargento.

— Leia o relatório de campo. Leia!

O sargento correu os olhos pela tela luminosa. Os números verdes eram imensa maioria. Nenhum número vermelho aparecia em destaque.

— Senhor, não compreendo, senhor. Segundo este relatório, nossas investidas são bem sucedidas em sua totalidade.

— Leia nas entrelinhas, sargento.

Um olhar mais atento revelou um detalhe. A cada investida, apesar dos resultados positivos, o número de acertos em primeira salva — quando as baterias de ataque terrestre atiravam pela primeira vez — decresciam em progressão aritmética. Seguindo essa linha progressiva, as perdas — e, em consequência, os números vermelhos — logo surgiriam.

— Alguma coisa está distraindo nossos artilheiros, é a única resposta. Talvez as condições atmosféricas afetando a visão ou algum tipo de distúrbio psicossomático.

— Ah, o sargento formou-se em psicologia? Ou aprendeu a palavra bonita nos manuais do corpo médico quando esteve de licença? — não havia humor na voz do coronel, mas bateu, como mais força que o necessário, na prótese de titânio da perna direita do sargento — Não há nada de errado com a atmosfera ou com a saúde mental de nossos soldados. A única coisa que está afetando a concentração deles é o riso. E eles estão rindo de si próprios. Não, é pior, riem de nós. Pior ainda, de mim!

O sargento analisou os números com maior acuidade. Sua mente de artilheiro calculou o percentual progressivo de erro enquanto relacionava aos pontos geográficos dos ataques. Identificou os pontos críticos onde os erros se mostravam mais recorrentes.

— Senhor, permissão para expressar parecer, senhor?

— Permissão concedida.

— Os números me parecem estabelecer um padrão que apontam para uma região mais afetada pela crescente falha da primeira salva da artilharia. Proponho um ataque concentrado nesse ponto. Assim, se as suspeitas do coronel forem corretas, provavelmente esse seria o ponto de produção e emissão das publicações. Se atacarmos com tudo, na melhor das hipóteses ganharemos um ponto importante, melhorando nosso desempenho e a moral das tropas, e se lá não for a origem das publicações poderemos repensar a tese da influência dos papéis sobre nossos artilheiros.

O coronel fingiu não prestar atenção ao que o sargento dizia, revendo os dados de sua planilha. Mas depois de alguns segundos sacudiu a cabeça de maneira quase imperceptível.

— Que seja. Dispensado, sargento.

— Vai, Bernado, corre!

O chão tremia outra vez, mas Gregório tinha a impressão que essa seria a última vez, a derrocada. Não havia mais comida, munição ou papel, sua arma preferida. Os apolinianos venceram. O que importava agora era salvar vidas que não a sua, que não tinha família ou dependentes. Irritou-se ao ver o batedor vir calmamente em sua direção enquanto o mundo acabava ao redor.

— Quer morrer, desgraçado? Mandei correr! Vai ficar com sua mulher, sai daqui!

Bernardo, ainda com o chapéu de palha furado por uma bala que quase lhe arrancou o tampo da cabeça e que ele considerava um tipo de amuleto, sorriu com os dentes almiscarados de tanto beber caldo de cana.

— Nem fodendo, professor. Vamos dar a esses cabras um pouco de, como o senhor diz, cultura no quengo.

Não havia balas, mas Bernardo apontou para a pilha da última edição da Marimbondo — Gregório não pôde deixar de homenagear os antigos cartunistas da Cabichuí e batizou sua revista com o mesmo nome, só que em português. Os dois, em acordo tácito, carregaram o canhão veterano com pilhas de papel e o voltaram para a porta, mas não tiveram tempo de disparar. O teto da oficina ruiu ao ser atingido por uma bomba disparada por uma aeronave apoliniana, a explosão os matou e o fogo cercou o canhão, que resistiu a mais essa intempérie.

O sargento adentrou a oficina destroçada, ainda tomada pelo fogo, buscando sobreviventes dentre os subversivos. Os dois corpos parcialmente carbonizados eram os únicos indícios humanos, fora os montes de papel jogados. O praça Dijou surgiu ao seu lado e pegou alguns exemplares parcialmente carbonizados. Escolheu uma, folheou, deu uma risada incontida e, diante do olhar de reprovação do superior, jogou a revista para o alto sem maiores cuidados. O sargento acompanhou o caminho que o papel chamuscado fez no ar, reacendendo uma brasa e aterrissando sobre o pavio intocado do velho canhão.

A derrocada do Pelotão A da Resistência aconteceu naquela tarde, marcando o primeiro de diversos números vermelhos.

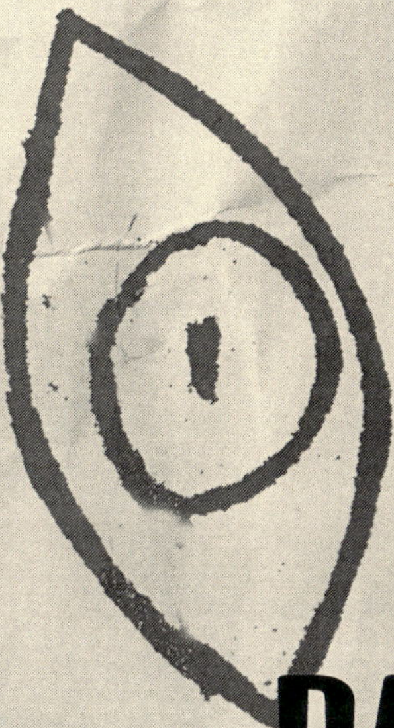

PASTICHES PARA SEMPRE

Vida de Vampiro Não é Bem Como Você Pensa

O primeiro chegou vinte e cinco minutos antes do horário. Um breve puxão fez com que o rapaz, obeso e com uma ridícula barba pontuda, a mão com unhas roídas segurando o convite impresso, tropeçasse para dentro da sala. Não chegou a compreender o que acontecia mesmo quando teve o pescoço quebrado.

O anfitrião bebeu rápido, tentando ignorar o sabor carregado, típico de sangue saturado de gordura. Preferia aqueles que mantinham uma dieta regrada, sem muito carboidrato, mas a sede era tanta que drenou as veias do cidadão em meros sete minutos, deixando o chão da sala limpo, sem uma gota desperdiçada.

Depois de uma pausa, partiu para a arrumação da pequena bagunça, pois o resto já estaria quase chegando. Perdeu um certo tempo enchendo o balde na pia da cozinha, pois a tubulação de água andava com problemas desde que o novo vizinho havia se mudado para o andar de cima, mas deu um jeito. Escondeu o corpo no baú de canto na sala de estar e sobre o qual arrumou a mesa. Tinha visto isso num filme antigo. Achou que seria engraçado.

O interfone tocou enquanto terminava de ajeitar os pratos de salgadinhos diet sobre a mesa improvisada.

— É da casa do Hastur?

— Depende. Quem fala é Calíope?

— Nossa, como você adivinhou?

— Senti o cheiro de sua voz. Abriu?

— Você é engraçado. Sim, abriu.

Ainda havia um leve odor na sala por causa dos eflúvios corporais da vítima, mesmo depois da rápida faxina, mas um pouco de Bom Ar deu um jeito. Ajeitou a camisa de seda, a casaca e o laço da gravata. Abriu a porta sem se preocupar em esperar pela campainha.

— Cara, você se cortou?

Outro sujeito acima do peso, dessa vez, meio alourado. Vestido com uma capa que provavelmente tinha sido a cortina da casa de sua mãe, segurava o convite impresso, todo amarrotado, e trazia uma mochila surrada que parecia pesada. Estava um pouco assustado, olhos arregalados. O anfitrião passou a mão pelo rosto, sentindo o queixo escanhoado e algo mais. Arrumou a casa toda e não se lembrou de passar uma toalha de papel no rosto. Era no que dava não ter espelhos em casa. Pensou rápido. Arqueou as sobrancelhas como Jack Nicholson e abriu a boca para responder, mas não foi necessário.

— É maquiagem, Nigu — disse uma moça atrás do grandalhão — Por sinal, muito boa. Quem fez, sua mãe?

Ela poderia ter feito, sim. Os tupinambás eram bons com maquiagem e pintura corporal, mas infelizmente ela tinha sido morta há muito tempo por um jesuíta cioso de seus deveres.

— Eu mesmo fiz. Dá trabalho, mas eu gosto.

Calíope, pois era ela mesma, deu um passo adiante, adentrando o apartamento. Aproximou-se como se fosse beijá-lo e lambeu, lentamente, seu rosto.

— Oi, agora eu também senti o cheiro de sua voz. E o gosto.

Era raro o anfitrião se surpreender. Cada vez gostava mais dessa moça. Os outros dois convidados entraram felizes da vida, envoltos em panos negros e vermelhos. Um rapaz esquelético cuja camiseta dois números maior sambava sobre os ombros dirigiu-se ao altar de sacrifícios, a mesa de canto, e serviu-se de salgadinhos. Comeu um e devolveu os outros dois.

— Porra, Hastur, que salgadinho merda. Não tem coisa decente, não?

"Opa, já descobri a segunda vítima", pensou. "É mais fácil quando eles se alinham no matadouro sem que a gente precise tanger o gado."

— Desculpe pela falta de variedade nos petiscos. Estou de dieta e acabo esquecendo que as outras pessoas têm direito a um cardápio mais amplo.

A outra moça, cabelos crespos, lábios carnudos e vestido negro rasgado na lateral batia o pé calçado em um coturno militar ao ritmo de alguma música que apenas ela parecia ouvir.

— Será que poderia rolar um pão de queijo antes da partida? Estou com uma fome danada.

— Claro, vou providenciar, mas pode demorar um pouco para esquentar o forno.

— Não tem microondas?

— Infelizmente, não. Não compro muita comida congelada, logo, não vejo motivos para…

— Curti isso — Calíope cortou a frase como ele acreditava que faria com o coração, caso tivesse tempo ou paciência — Pô, Hécate, o Hastur é vegano, quer apostar?

A moça lambia o lábio superior buscando as gotículas da maquiagem que ainda não tivessem sucumbido ao seu apetite.

— Vega é uma estrela e não sou afeito a elas. Prefiro a Lua.

O anfitrião afundava naqueles olhos negros e, apesar da refeição recente, o estômago produziu ruídos desconfortáveis. Perguntava a si mesmo se seria fome, mas no caso dele aquilo a que o vulgo se refere como dor do coração geralmente atingia outros órgãos.

— Certo, pão de queijo então. Mas tem de ser rápido, senão a gente não começa nunca.

— Uai, mas vamos jogar sem o Shuma?

— Ah, ele mandou uma mensagem dizendo que talvez tivesse de se atrasar. Problemas em casa, parece.

— Deve ser o pai dele, aquele milico fascista. Aposto que começou outro daqueles discursos sobre o Shuma ter de arrumar um trabalho, deixar de ser um encosto para a eles, que já são velhos demais para carregar um burro nas costas.

— Mas ele não vem mesmo?

— Pode ser que se atrase, mas parecia que queria muito vir.

— Ah, ele adora essas *lives*. Aliás, alguém já leu o livro? Já fez as regras?

— Eu li umas dez vezes. E, ó, quem reclamou dos salgadinhos não sabe o que estava falando, acabei com todos sozinho. Tem mais aí?

— Infelizmente, não. Mas daqui a pouco os pães de queijo ficam prontos. Costumam ficar uma delícia, pois acrescento uns temperos diferentes e o forno é daqueles bem grandes.

— Rola uma cerveja, ô, Artur?

— É Hastur. E sim, tem cerveja no baú.

— Aquele ali no canto?

— Não. Um igual, na cozinha. Está aberto, piquei um bloco de gelo e joguei. É só chegar lá e pegar uma gelada.

Por um momento pensou que poderia ter escondido o corpo no tonel de bebidas, mas depois lembrou que o gelo ganharia uma tonalidade rosada e teria de encurtar a noite. Melhor ficar onde está.

A trilha sonora era menos óbvia que o normal. Às vezes era difícil se manter atualizado com as bandas novas, elas pareciam brotar às dúzias e em um ano, depois do primeiro álbum, já se tornavam obsoletas. Optou pelo mais seguro, diante do perfil e da faixa etária dos convidados, mas com um toque pessoal.

— O que está tocando? Som maneiro.

— É um grupo da terra do meu pai, a Ucrânia. Chama-se Nokturnal Mortum. Ou Suppuration, não lembro mais. Essas bandas mudam de nome como quem troca uma camisa suja.

— Tem uma sonoridade diferente.

— É que os guitarristas costumam acrescentar elementos de canções folclóricas ucranianas nos arranjos. Gosto muito, me faz recordar do tempo em que morei por lá.

— Além de saber se maquiar, se vira na cozinha e é viajado. Por que está sozinho, Hastur? O que há de errado com você? Deve ter algum defeito.

— Na verdade, tenho. Chamo de "perfeccionismo". Também sou um acumulador. Coleciono coisas.

— Jura? Aposto que são bonequinhos de super-heróis, daqueles bem cheios de detalhes, caros pra cacete, guardados dentro das embalagens para não desvalorizar. Meu ex-namorado era dessa tribo.

Hécate já estava aboletada, com as pernas cruzadas, sobre o tapete persa. Os coturnos militares provocavam rugas no tecido.

— Porra, Hastur, se tiver eu quero ver. Me amarro nessas *action figures.*

— Nunca havia pensado nisso, mas sim, creio que tenho algumas peças raras. Não são exatamente *action figures,* muito menos de super-heróis americanos, talvez não se interessem.

— É? Pois eu quero ver essa coleção — o magricelo com roupas largas, até então silencioso, deu o ar da graça. O anfitrião percebeu que era o único cujo nome não conhecia.

O apito do forno avisou que os pães de queijo estavam prontos.

***

Os petiscos estavam ótimos, com um sabor diferente, agridoce. Limpando os dedos gordurosos na calça, o magriça dirigiu-se ao anfitrião.

— Bora lá ver a tal coleção?

— E o jogo? Não começa nunca?

— Tá com pressa, Hécate? Temos tempo, são apenas dez horas. E o tempo, como todo mundo sabe, é relativo.

— O que você entende disso, cara? Sempre chega tarde nas reuniões do grupo, quando não faz como hoje, atrasando todo mundo. Aposto que o Hastur ficou chateado com nosso atraso, mas é educado demais para reclamar. Bom, falando nisso, deixa eu agradecer por aceitar nosso convite virtual para sediar a partida.

O anfitrião mal pôde disfarçar o sorriso de autocongratulação com ares de modéstia.

— Eu que agradeço, há tempos procurava um grupo para jogar uma partida desse *Role Playing*. O convite de vocês foi providencial. Quanto ao atraso, não se preocupem, foi até melhor. A casa estava um pouco bagunçada e, como puderam perceber, deu mais tempo para eu aperfeiçoar a maquiagem.

— Falando em aperfeiçoar, você leu o livro, Nigu?

— Li, mas fiquei com algumas dúvidas.

Hécate descruzou as pernas, causando mais rugas no tapete e na testa do anfitrião.

— Só para variar, né? Quais as dúvidas?

— Veja bem, se cada um de nós pertence a um clã de vampiros, por que todos têm as mesmas fraquezas?

— Como assim?

— Ué, vampiros não podem sair de casa de dia, né?

— Depende. Se for um dia nublado até dá.

— Mas e o mormaço?

— Como assim?

— Bolas, o mormaço é o calor do sol retido na Terra, certo? Logo, deveria ser no mínimo desconfortável para os vampiros. O que acha, Hastur?

— É, com certeza é… deve ser um problema para os vampiros aqui no Brasil. Com certeza é um empecilho. Não dá mesmo para sair em dias como, por exemplo, hoje.

— Pois é, então, menos uma possibilidade para todos os clãs de vampiros, né?

— Sim, creio que sim.

— Mas tem algum clã que consiga sair sob o luar?

O magricelo riu.

— Como assim, estúpido? Todos os clãs saem ao luar.

— Na verdade, não, a maioria não consegue. Ou não deveria conseguir.

— Uai, por quê? É noite, bolas! É luz da Lua, não do sol.

— Bem, na verdade, é luz do sol também. A lua funciona como um espelho. O calor se perde, mas o luar nada mais é que a luz do sol refletida, o que complica a locomoção dos vampiros.

— De todos os clãs?

— Hm-hm.

— Viram o que eu disse? As fraquezas são as mesmas, pô! Que falta de graça.

— Na verdade, não — o anfitrião estava feliz com o som da própria voz. Brincar com a comida era mesmo mais divertido do que esperava — É verdade que uma lâmina de prata corta a carne de todos os vampiros e provoca uma hemorragia violenta, assim como alho é um alérgeno poderoso para todos os clãs, mas há fraquezas específicas. Por exemplo, água corrente.

— Qual o problema com a água?

— Vocês leram *Drácula*?

— Dez vezes.

— Li, mas não gostei. Achei chato.

— Eu vi uns filmes, mas também acho a história superestimada.

— Uai, tem livro?

— Bom, Hécate e Calíope: lembram quando o conde tem de viajar de navio até a Inglaterra?

— Sim, a cena no Deméter. Dizem que foi uma das inspirações para o filme Alien.

— Ah, não tinha pensado nisso. Pode ser, sim, é o mesmo clima, a mesma estrutura, uma tripulação presa com um monstro que devora um a um. Pois então, repararam que o vampiro só saía à noite? Em determinada hora? Isso era porque ele não poderia se mover sobre água corrente a não ser que fosse em maré alta ou maré baixa.

— Aaahhhnn... então quer dizer que a água impede a movimentação dos vampiros?

— Pelo visto, apenas para o clã do Conde. Há aqueles para os quais esse efeito varia. Mesmo assim, depende da quantidade de água. Um oceano o paralisa, um rio o torna mais lento, um fluxo de água o atrapalha, turva a visão, coisas assim.

— Olha! Boa regra, jamais pensaria nisso. Rapaz, vida de vampiro não é bem como a gente pensa. Dá para a gente acrescentar essa parada da água na partida, Hécate?

— Sempre dá. Mas isso quer dizer que, vamos supor, se chover e a rua ficar cheia de poças ou pequenos córregos...

— O vampiro, dependendo do clã, teria sérios problemas de locomoção.

— E a chuva em si? Ela, afinal de contas, é água corrente, não? Apenas corre na vertical.

— Vamos lá, diga quantos filmes de vampiros você viu em que estivesse chovendo?

— Quer dizer que os filmes falam a verdade?

— Nesse caso, sim.

— Olha só... não esperava que o cinema fosse tão preciso assim.

— Ah, tenho uma teoria sobre isso. A cultura popular sempre foi a base para uma verdade consensual construída. Vejam a astrologia, por exemplo, ela contraria tudo que se sabe sobre a astronomia hoje, mas ainda serve de pauta para a vida de milhões de pessoas, ganhando assim um teor de veracidade mais palpável que a ciência. O cinema, de tanto repetir padrões, acaba se aproximando de uma realidade construída e aceita por muitos. Por causa disso, consegue, mesmo sem querer, moldar o entorno.

— Uau, Hastur! Você é professor de sociologia? Isso foi profundo.

— Não, longe disso. É só vivência.

— Mas quantos anos você tem, afinal?

— Porra, Nigu, e isso lá interessa? O que importa é que já comemos, jogamos conversa fora e o tempo está passando, mas ainda estou curioso para saber o que o Hastur coleciona.

— Peraí, a gente não quer incomodar mais do que já fizemos, você foi muito gentil em aceitar nosso convite nas redes sociais para sediar nossa partida, pedir mais seria abuso.

— Não tem problema. Na verdade, recebo poucas visitas e confesso que está sendo mais interessante do que esperava. Podemos ver minha coleção agora, se quiserem, antes da brincadeira de verdade.

***

O quarto era amplo, com as paredes cobertas de estantes e uma janela que, caso o observador fizesse um esforço, conseguiria ver uma parte do cemitério São João Baptista, mas apenas os túmulos mais luxuosos, com esculturas de anjos que velam e perdoam as almas podres de ricas. Nas prateleiras, diversos pequenos objetos, alguns em jarros, outros repousando solenes na superfície de madeira de lei, de um tipo provavelmente extinto. Crânios de diversos tamanhos, alguns brancos, outros acastanhados, uns poucos ornados por dentes, muitos sem a mandíbula. Os crânios dividiam espaço com livros, muitos livros, algumas vezes como peso de papéis, outras como suporte lateral. Sorrindo, Calíope estendeu a mão e pegou o mais próximo, pequeno, provavelmente de um indivíduo com menos de dez anos.

— Que belo trabalho artesanal, hein? São todos de gesso?

— Diversos são blocos de cimento pintados. Se procurar direito, vai encontrar alguns de fibra de vidro. Foram caros. Muitos deles arrematei em um leilão em Hollywood, mas a maioria é trabalho meu, um número maior do que possam imaginar.

— Ah, imagino sim. Você parece um cara dedicado. A propósito, a coleção realmente interessante aqui é outra. Posso dar uma olhada em alguns dos livros?

O anfitrião torceu os lábios.

— Cuidado, alguns exemplares são raros e frágeis.

— Não se preocupe — o magriça e Hécate se aproximaram das estantes e observaram as lombadas.

— Duas edições do Malleus, muito bom. E olha, encadernação em couro especial, mas sem inscrição na lombada. Posso pegar?

— Preferia que esse n…

— Ah, Hastur, qual o problema?

O anfitrião afastou a mão de Calíope, mais preocupado com os dedos descobertos de Hécate, folheando o volume sem a devida permissão. A vista estava um pouco turva, pensou que era a excitação da caça, mas agora a coisa ficava mais preocupante, embaçada. O olfato também não estava ajudando, confuso com o perfume doce de Calíope e um cheiro almiscarado do qual não conseguia precisar a origem.

Decidiu que estava na hora de acabar com a brincadeira do jeito que sempre fazia, rápido e sem dar tempo às vítimas de identificar o que estava acontecendo. Funcionou com precisão por mais de cem anos, não o deixaria na mão agora. Avançou contra a moça da saia aberta, os dedos ávidos, buscando o pescoço. Ouviu ao longe a voz de Calíope balbuciando um nome, mas não deu atenção. Hécate levantou os olhos do livro e, para surpresa do anfitrião, deixou o volume cair.

— Você não percebeu, não é? O jogo começou no momento em que entramos aqui.

Hécate estendeu a mão. Na palma, um pentagrama desenhado toscamente com caneta pilot, em cujo centro reinava o desenho de um cometa. O tempo se tornou denso, cada movimento era como nadar na lama. O magricelo se aproximou da companheira. Parecia maior, mas poderia ser efeito colateral da distorção espaço-temporal vivenciada pelo anfitrião.

— A casa caiu, cara — o magrelo falava a dois dedos do rosto do anfitrião. O mau cheiro vinha de sua boca — Obrigado por ter explicitado alguns detalhes que já havíamos intuído em nossas pesquisas cruzadas. Essa sensação de lentidão, essa letargia que impede seus movimentos, por exemplo, é resultado de nossa interferência na sua tubulação de água. Sabe o por quê? Porque seu novo vizinho de cima sou eu e neste momento, é meu velho, que está lá em cima, controlando o líquido deste bloco inteiro. A água está longe dos extremos da maré e, sim, seu clã é sensível ao fluxo. O apartamento inteiro está envolto em uma rede líquida que flui pelo encanamento.

Calíope abriu a bolsa de couro e retirou uma faca de 30 centímetros.

— É prata de lei. Do faqueiro de minha mãe. O sangue vai jorrar e você não vai sentir nada.

O anfitrião se concentrou. Estava quase paralisado, mas esses meninos aprenderiam que não seria tão fácil matar um sujeito de mais de um século de experiência. Inspirou, enchendo os pulmões de ar, e ao exalar tudo de uma vez, com um ronco alto que extraiu das entranhas, cuspiu um catarro grosso, carmim, nos olhos do magricela. O guri gritou, levando as mãos aos olhos e girou o corpo, aproximando o braço esquerdo o suficiente para que, com muito esforço, o anfitrião avançasse a cabeça, maxilares abertos, contra a carne humana.

Os dentes, agora triangulares e brancos, se projetaram da cavidade bucal. O lábio superior, dividido como o de um leão, permitiu que mandíbula se deslocasse para frente, como fazem os tubarões quando buscam alcançar a presa. A mordida arrancou um naco de carne e o sangue espirrou no rosto de Calíope, que ainda estava muito próxima. Sem conseguir mastigar, mas sorvendo o líquido, o anfitrião lutou contra a letargia e agarrou a moça pelos cabelos. Calíope e Hécate, em uníssono, repetiam um mantra, uma palavra desconhecida para o anfitrião, que se orgulhava de ter lido a maior parte dos livros de ocultismo dos últimos 50 anos. O desenho tosco na mão de Hécate brilhou e o magricelo rugia, em convulsões no canto do aposento, segurando o braço ferido.

Mas não se tratava mais de um magricelo. Um homem enorme se avolumava encostado à parede. O rosto do rapaz afunilava, o nariz enegrecido tornado em ventas que disparavam rajadas de ar quente. O cheiro almiscarado tomou conta da biblioteca e era sufocante. Pelos em profusão cobriram as partes visíveis do corpo e a ferida não sangrava mais, sendo que o naco de carne era recomposto como um filme rodado ao contrário. Erguendo-se sobre as patas traseiras, o ex-magricelo quase bateu com a cabeça, agora amarronzada, no teto enquanto as orelhas se moviam para o topo do crânio, assumindo um desenho triangular.

Aquele parecia ser a mistura entre um homem e o maior cão do mundo. As moças continuavam o cântico enquanto o som dos ossos do rapaz transmorfo acompanhava o coro, assumindo novas configurações. Os olhos avermelhados, ainda irritados pela cusparada ácida, focados no anfitrião, mantinham alguma coisa de humano, mas não muito.

Com um rosnado final, a transformação terminou. Ainda segurando os cabelos de Calíope, o anfitrião finalmente compreendeu que aquela noite ele não era o caçador. Para alguém que sempre teve em alta conta sua própria inteligência e cultura, estava muito decepcionado. Reunindo o máximo de controle que ainda tinha, balbuciou por entre os dentes prognatas:

— Quem... é... vocêêêê?

É claro que o homem-cão não podia mais falar, mas Nigu, que esteve o tempo todo sentado, com um livro aberto no colo, realizando um feitiço de contenção para que o som não se propagasse para fora do aposento, respondeu.

— Ah, o nome de família é Beddullenbeiser. Parece com nome de cerveja, né? Nosso amigo faz parte de um clã dinamarquês ancestral que prefere permanecer na encolha. E caso esteja interessado, o cântico de chamamento da forma original, que é essa cara fofa aí que você está vendo, tem de ser entoado em finlandês. Algo mais ou menos como as meninas estavam cantando, mas sem o sotaque horroroso.

— Da próxima vez, bonitão — disse Calíope, suja de sangue e ainda com os cabelos presos na garra do inimigo paralisado — você encara a fera e nós ficamos no cantinho lendo livro, tá? E, Beddu, anda logo com isso, pode ser? Estou ficando com dor no pescoço. Enjoei de sentir...como foi que ele falou? O cheiro da voz desse babaca.

Era a humilhação final. O anfitrião cerrou os olhos e recolheu os dentes, assumindo as feições humanas com as quais se disfarçou por tanto tempo. Ao menos adentraria o inferno com boa aparência.

***

— *Beddullenbeiser, hvor er du?* — Nigu, cujo nome verdadeiro não era tão charmoso, pronunciava com um sotaque finlandês perfeito — Agora repitam.

No apartamento de cima, os quatro, já de banho tomado, dividiam uma pizza.

— Não adianta. Não consigo falar essa coisa direito.

— Nem eu. Deixa isso pra lá. Funciona mesmo com o sotaque errado.

Beddu recostou na cadeira, largando a pizza na qual mal tocou.

— Na verdade, não funciona, não. A pronúncia tem de ser perfeita para que a casca humana dê lugar à fisiologia de um alano.

— Um o quê?

— Um alano. Minha estirpe ancestral tinha esse nome. A gente foi expulso da Ásia pelos hunos e seus coleguinhas romenos, muito tempo antes de Átila e Vlad, e subimos até o lugar que viria a ser conhecido como Noruega.

Todos estavam espantados, pois era a primeira vez desde que se conheceram, que Beddu falava mais que duas frases com mais de três palavras.

— Acabamos nos acostumando com o local, principalmente com a comida. Mas depois de alguns séculos, decidimos que era melhor declarar voluntariamente nossa extinção para podermos trabalhar em paz, na encolha, caçando esses safados. Agora, estamos por todo o mundo, e já reduzimos consideravelmente a população de sugadores de sangue.

Beddu afastou a cadeira, olhando pensativo para o teto.

— Só faltava mesmo descer ao Brasil para pegar os descendentes indígenas desses caras nojentos. Agora, o último se foi. O serviço está feito, gente. Graças a vocês.

— Legal, mas peraí, quer dizer que nós estávamos trabalhando para você esse tempo todo? Achei que fôssemos uma equipe. O que mais você não nos contou?

— Ah, alguns detalhes bobos. Para começo de conversa, o lance do mantra. Tem de ser bem pronunciado porque, do contrário, a transformação é dolorosa pacas.

— Putz! Desculpe, cara, a gente não fazia ideia... no cinema as transformações são sempre dolorosas, achamos que fosse o normal.

— Pois é, ao contrário do que aquele idiota pomposo falou, a tal cultura popular não cria verdade consensual porra nenhuma. Quando feito de jeito errado, a transformação dói muito, é como se você fosse rasgado do avesso. Mas, quando pronunciada corretamente, é instantânea e indolor. A segunda coisa, é que, bem, esta é uma operação sigilosa.

— Ah, a gente sabe. Claro, daqui não sai nada.

— A terceira coisa...

Hécate, cujo nome também era outro, menos imponente, levantou-se em silêncio com o prato na mão. Foi em direção à cozinha, que ficava próxima à porta de entrada do apartamento, medindo os passos, cautelosa. Depositou a louça sobre a pia e logo chegou à porta da rua, destrancando a fechadura sem fazer um ruído sequer. Abriu lentamente a porta e, prendendo a respiração, se esgueirou pela fresta. Esbarrou em um senhorzinho de terno, parado no corredor acarpetado. Em uma das mãos, uma garrafa de vinho. Hécate sorriu, e assegurou-se que afinal de contas, tudo estava bem, o elevador estava logo ali, de portas abertas, esperando por ela. Mas então reparou nas mãos do velhinho e pensou que aquelas unhas precisavam de uma manicure urgentemente. Ainda teve tempo de ouvir a frase de Beddu, vinda do fundo da sala.

— A terceira coisa é que não tive o prazer de apresentar papai.

O velhinho de olhos criminosos sorriu para Hécate e, com lábios murchos, pronunciou a frase.

O sotaque era perfeito.

A Pata da Humana

O cubo de madeira estava intacto, mesmo depois de tanto tempo sob os escombros. Taliesin, munido da escova com cerdas de crina, retirou a poeira, expondo as dobradiças de ouro e a pequena fechadura. Era uma caixa manufaturada, não resultado de técnicas fabris. Tentou abrir a tampa, mas estava emperrada. Precisou de um pouco de pressão e teve receio de quebrar a madeira, mas a caixa não resistiu e apresentou seu conteúdo.

Claramente aquilo era uma pata humana mumificada, com seu estranho polegar opositor e dedos mais longos que os dos outros grandes símios. Os humanos eram um dos únicos animais da natureza que apresentavam polegar opositor em 90º em relação à palma da mão. Porém, o que mais incomodou a Taliesin foram o anel de ouro e as unhas que pareciam ter continuado a crescer mesmo depois da amputação. Era a mão de uma fêmea humana.

Taliesin envolveu a relíquia em uma lona fabricada especialmente para proteger peças delicadas — um tecido resistente, confeccionado por operárias símias especializadas, parte de um projeto de aperfeiçoamento da mão de obra da Cidade Central, capitaneado pela Fundação Zaius, sempre zelosa das tradições e cultura — depositou-a com cuidado no banco do carona do automóvel e partiu em direção à capital. Precisava falar com Galen urgentemente.

Ao passar sob a estátua de Ursus, uma das sete maravilhas do mundo contemporâneo que adornava a entrada da Cidade Central, Taliesin imaginou que aquela era uma bela metáfora involuntária de como o mundo havia se tornado um mictório dos gorilas sob a conivência dos orangotangos. Militares e clero. Uma parceria que nunca deveria operar sem a supervisão de uma força moderadora. Mas quem seria tal força? Os chimpanzés nunca foram propriamente livres do jugo de uma espécie e do paternalismo da outra. Houve poucas exceções nos últimos séculos — a última digna de nota foi exatamente seu mentor, Galen, mas mesmo ele carregava uma mácula no currículo, uma fase da vida na qual foi considerado inimigo público e fugitivo da lei, sabe-se lá por quê — e se Taliesin queria ser mais um desses chimpanzés extraordinários teria de construir uma carreira equilibrado nessa corda bamba entre gorilas e orangotangos. Por isso tantos anos de escavações na Zona Proibida, se arriscando a contrair a doença degenerativa que ceifou tantos antes dele, aquele mistério da ciência (da ciência, não da religião, apesar dos orangotangos não fazerem muita diferença entre as duas) que ainda intrigava as melhores mentes símias, mas que nunca impediu a continuidade das pesquisas arqueológicas na área.

A sombra da escultura de quarenta metros se projetava sobre os prédios do bairro fabril e, não sem uma certa ironia, apontava para o Palácio da Ciência. A Cidade Central havia crescido muito nos últimos cinquenta anos, desde que seu pai ajudou Galen a reformular algumas leis de incentivo à cultura, criando mais escolas e universidades, implementos industriais e desenvolvimentos científicos. Isso aumentou a riqueza daquele centro urbano, mas também triplicou o uso de humanos como bucha de canhão em diversas situações antes impensáveis. Com o advento da indústria automobilística, humanos deixaram de ser usados como animais de carga, sendo relegados à área médica e agrícola, usados até como ração para gado. Depois do incentivo às pesquisas médicas, humanos se tornaram, graças às similaridades com a biologia símia, mais especificamente as dos chimpanzés, as principais cobaias para experimentos e isso fez com que fossem caçados até quase a extinção em algumas outras cidades.

Mas não na Cidade Central. Ali o poder instituído dos gorilas esbarrava na vontade férrea de um chimpanzé e os orangotangos não ousavam contrariá-lo por algum motivo inescrutável. Taliesin imaginava que Galen devia ter um dossiê secreto sobre cada membro do Conselho relatando até a dieta de cada um em detalhes, especialmente os picantes. Afinal de contas, era público que alguns orangotangos mais poderosos, talvez pelo contato constante com os chimpanzés, desenvolveram hábitos pouco recomendáveis e, numa sociedade puritana como aquela, qualquer deslize nessa seara específica arruinaria a carreira de um magistrado. Galen, o defensor dos humanos, era cheio de recursos. E as paredes cheias de ouvidos.

Taliesin estacionou o automóvel — um modelo barato, mas pelo qual nutria muito orgulho, pois tinha sido comprado com o proverbial suor de seu trabalho — na vaga destinada aos visitantes recorrentes, aninhou o pacote nos braços e dirigiu-se ao elevador privativo que dava direto na sala de Galen. Como sempre, não precisou ser anunciado e passou a passos largos pela secretária, uma atraente chimpanzé de vinte e cinco anos, Ari, que também alimentava ambições acadêmicas, mas estava comprometida com um certo militar chamado Thade, um sujeito de maus bofes e fama pior ainda. Tinham conversado por dois ou três minutos há algumas semanas, quando se encontraram em uma festa na casa de campo de Galen, e Taliesin percebeu que poderia haver fogo sob aquela fumaça, mas agora não tinha tempo para soprar as brasas. Acenou brevemente, trocaram olhares e sorrisos e lá foi ele entrando sem bater na sala do magistrado.

Pendurado em seu aparelho de exercícios diários, Galen saudou o recém-chegado e logo saltou em sua direção. Para um idoso, era bem disposto e pronto a fazer exercícios sempre que possível. Era como mantinha a lucidez, dizia. O escritório era amplo, mas não exagerado. Confortável, mas não luxuoso. Um aparelho estranho sobre a mesa, diferente de tudo que Taliesin conhecia, brilhava com luz verde, em meio a diversos livros. As paredes cobertas pelo que Galen chamava de "arte humana", reproduções de garatujas em tinta vermelha sobre paredes de cavernas que, segundo o próprio, representavam cenas de caçadas. Para Taliesin, e provavelmente toda a comunidade, eram o que eram: borrões sem significado, longe da riqueza de detalhes e do apuro técnico da arte símia, que primava pela representação acurada do real. O realismo era tudo. A frase de efeito mais popular nos liceus de artes e ofícios postulava que, caso ao representar um céu, um símio escolhesse qualquer cor que não azul, deveria ser encaminhado aos oftalmologistas ou ao sanatório da Cidade Central.

Mas, como sempre pensava Taliesin, cada macaco com suas peculiaridades, e Galen tinha direito a muitas manias, já que foi graças a ele e a seu pai, o velho Toth, que todo o desenvolvimento tecnológico das últimas décadas veio à tona. Inclusive, depois da morte do doutor Zaius, patrono de Galen, o acesso aos dispositivos resgatados da Zona Proibida passaram a ser enviados diretamente para seu antigo pupilo, que demonstrou uma intimidade surpreendente com diversos apetrechos cuja função ninguém suspeitava. Era o caso da máquina que emitia uma luz esverdeada sobre sua mesa de trabalho.

— Boa tarde, Taliesin. Sua presença é sempre motivo de alegria... e, às vezes, novidades — Galen gostava muito de Taliesin, mas lamentava que, em determinadas situações, a retidão e os códigos morais do jovem chimpanzé pareciam nublar seu rigor científico, o dever de perguntar sempre, de ir além. Galen ansiava pelo dia em que as coisas fossem diferentes.

— Olá, Doutor Galen. Hoje trouxe algo que tem o potencial de superar os mistérios de sua coleção. Trata-se de uma pata humana mumificada.

Galen abriu a caixa, mas o semblante permaneceu inexpressivo. Parecia que via patas humanas mumificadas e ornadas com um anel de ouro todos os dias. Escrutinizou por alguns minutos, fechou a tampa e, sério, pousou-a sobre a mesa, buscando por uma garrafa de cristal em um armário junto à parede.

— Ocasiões especiais merecem comemorações especiais".

Derramou o conteúdo em dois copos e passou um a Taliesin, enquanto buscava amêndoas para mastigar. Ofereceu algumas a Taliesin, que recusou. Era um rapaz de origem humilde, não gostava das especiarias refinadas das classes superiores. Seus prazeres eram simples e preferia sua bebida pura.

Galen encarou o jovem, pensativo. Em seguida, deu de ombros, jogou as sementes na boca, mastigou e desceu o bolo semidigerido com a ajuda da beberagem. O chimpanzé mais jovem secou o copo. No seu entender, não se recusava uma dose e, principalmente, não se devia demorar muito para ingerir o líquido, que desceu queimando.

— Isso era um talismã, Taliesin. Um artefato para conjurar sortilégios. As lendas diziam que quem possuísse uma pata humana poderia proferir três desejos, mas apesar de ganhá-los, sempre haveria uma desgraça diretamente ligada ao presente. Talvez a caixa adornada seja uma metáfora sobre a vaidade. O poder das escolhas, o livre arbítrio, caso exista, tende a ser tratado como uma joia, mesmo que inútil ou aterrorizante. Sou simpático a essa linha de pensamento, pois creio que nossas escolhas nos definem, mesmo que sejam, no fim das contas, inúteis. Porque, veja bem, sou um fatalista, Taliesin. Acredito em destino, logo a possibilidade de livre arbítrio só pode existir para nos torturar.

O chimpanzé idoso saltou para seu aparelho de exercício, as barras suspensas, e, lá em cima, usando as mãos e um dos pés, agarrou três barras, uma seguida da outra. Virando de cabeça para baixo, em direção a Taliesin, falou. Gotículas de baba saltavam de sua boca.

— Veja, essas três barras são parte de um mesmo objeto, mas são sequenciais. Vamos chamá-las de "passado", presente" e "futuro". Você pode ir de uma a outra e, no momento em que o fizer, de maneira inexorável, a barra onde estiver pendurado será o presente. Mas veja bem, as barras não mudam, não se transformam em outra coisa. Se você as segura ao mesmo tempo, o que acontece? Os três tempos se tornam um só. Imutável, apesar de qualquer ação que você promova, de qualquer caminho que escolha, se de trás para frente ou ao contrário. É tudo uma coisa só, uma única estrutura. O destino é sempre o mesmo. Sempre.

Com uma pirueta precisa e elegante para sua idade, Galen pousou no chão com os quatro membros amortecendo a queda de quase quatro metros.

— Moralista, não? Essa lenda remonta a quando?

— Há muito, muito tempo, anterior ao tempo do Legislador. E sofreu algumas alterações desde então. Há quem diga, por exemplo, que originalmente não era uma pata humana, mas a mão de um símio.

— Absurdo. E quem deceparia a mão de um símio para isso? E ainda por cima guardar em uma caixa toda decorada? Por que tamanho requinte para uma peça tão… degradante?

— Não subestime a vaidade, a inveja e a loucura, Taliesin. São irmãs. Andam sempre juntas. Mas com o tempo a lenda se reconfigurou e a pata de um humano tomou o lugar da mão símia. Perceba como o anel é um belo trabalho de ourivesaria.

Taliesin pegou a relíquia e examinou o aro dourado com atenção.

— Gostaria de saber de onde veio o anel. Seria algum tipo de piada doentia?

— Eis seu primeiro pedido. E, não, não há nada de engraçado nisso.

Com cuidado, Galen retirou o aro dourado do dedo descarnado. Olhou o interior da jóia e a repassou a Taliesin.

— Tem algo escrito na parte interna do anel, mas é ininteligível… errr… mak… maktu… tub?

— *Maktub*. Significa "estava escrito" em um dialeto perdido. Provavelmente é uma jura de amor. O amante dessa humana devia estimá-la muito para enviar tal mensagem.

— Amante? Não entendi… a humana teria um amante símio? Isso é heresia!

— Além de anti-higiênico. Mas eu estava me referindo ao amante humano dessa fêmea. É... precisamos conversar. A primeira das três maldições está prestes a desabar sobre sua cabeça, mas antes deixe-me falar com minha secretária.

Galen meteu a cabeça bem penteada pela fenda da porta do escritório.

— Senhorita Ari, por favor, suspenda meus compromissos, sim? Estarei em reunião com Taliesin pelo resto do dia. Ah, e pode sair mais cedo. Está dispensada.

***

O comportamento sexual dos chimpanzés era o motivo principal de discriminação social entre as diversas classes símias. Essa era a verdade que ninguém ousava falar às claras. Orangotangos não eram necessariamente mais inteligentes ou mais preparados, muito pelo contrário, mas a rigidez da sociedade símia jamais aceitou completamente os hábitos licenciosos dos chimpanzés. Sexo, para eles, nos tempos de outrora, era uma ferramenta hierárquica, uma maneira de impor autoridade e estabelecer quem mandava em quem. Tinha sido comum que, em situações de trabalho ancestrais, machos mais velhos se impusessem sexualmente aos mais jovens, mesmo que em sua intimidade preferissem as fêmeas. Os gorilas e os orangotangos, porém, oficialmente e diante dos olhos de todos, consideravam tais ações como impuras, heréticas, e condenavam os chimpanzés a uma classe inferior, mesmo que com o passar do tempo também acabassem por incorporar tais hábitos. Dessa maneira, sempre que um chimpanzé concorresse contra um orangotango a qualquer cargo público relativo ao Ministério da Ciência, o resultado jamais beneficiaria o primeiro, por mais competente que fosse.

O fato é que a relação entre o doutor Galen e Taliesin nunca passou por tais melindres. Galen, apesar de seu passado misterioso e controverso (havia quem dissesse que Galen, na juventude, teria sido íntimo de dois humanos, com os quais teria fugido e convivido por meses em estado de quase total selvageria. Ah, a imaginação dos invejosos...), não teve dificuldades em assumir o cargo de Zaius e sempre tratou Taliesin como um igual. Apontou para o aparelho que emitia uma luz esverdeada.

— Ao contrário do que se acredita, os símios não dominaram este mundo desde sempre. Humanos, antepassados dos animais que são a base econômica de nossa sociedade, eram o topo da pirâmide evolutiva. Esse aqui é apenas um dos muitos aparelhos que desenvolveram a partir de uma ciência mais avançada do que podemos imaginar. Todas as outras maravilhas que surgiram nos últimos trinta anos são heranças deles: a eletricidade domada, os automóveis a óleo, até os fuzis dos quais tanto se orgulham os gorilas, tudo isso veio da Zona Proibida, graças às pesquisas do Doutor Zaius e de alguns outros chimpanzés esquecidos pela História. Pronto, primeira desgraça, lá se foi sua inocência.

— Mas, doutor Galen, isso é heresia! Queria que o senhor me apresentasse mais provas dessa afirmação.

— Claro — Galen tocou no teclado que acompanhava o aparelho que seus antigos amigos humanos chamaram computador. Um festival de imagens apareceu na tela, mostrando situações estranhas para os olhos de Taliesin. Humanos com roupas, pilotando automóveis, percorrendo ruas de cidades ainda maiores que Central — Segundo pedido atendido. E a consequente perda de sua Fé.

Sem ar, Taliesin, agarrou a mão — agora ele entendia que não era uma pata, mas um membro muito mais sutil, evoluído, delicado — e brandiu-a sobre a cabeça em um gesto de desespero.

— Não! Isso é algum truque! — suor escorria pela barba — O senhor foi enganado por alguma prestidigitação. Precisamos levar esses artefatos ao Conselho para que os avaliem e cataloguem imediatamente. Isso, além de heresia, é uma mentira elaborada. Alguém plantou essa coisa no sítio arqueológico.

— Sente-se, Taliesin. Você gostaria que tudo isso ficasse sob o poder do Conselho, certo? Sob as vistas do Conselheiro-Mor, protegido do conhecimento do público? É esse o seu desejo?

Taliesin, olhos esbugalhados, um fio de baba escorrendo pelo queixo, assentiu. Galen foi até a mesa e apanhou um pergaminho finíssimo, no qual se podia ler em letras douradas: DOUTOR GALEN — Conselheiro-Mor da Cidade Central.

— Então seu desejo foi atendido, Taliesin. Todo esse conhecimento está seguro aqui, comigo. Pode descansar sossegado. Ninguém jamais saberá. Lembre-se que lhe foi dada uma chance, uma escolha, mas receio que, conforme aprendi com dois amigos há muito tempo, ninguém consegue escapar à própria natureza.

Enquanto o veneno corroía o que restava de sua vida, Taliesin, que havia recusado o antídoto oferecido por seu ex-tutor, encarava Galen. Nada havia ali, nem compaixão, nem tristeza. Era terrível, pois macaco não mata macaco, mas aqueles não eram mais os olhos de um símio.

Estavam vazios, desapaixonados, opacos. Como os olhos de um humano.

As Mãos Vermelhas de Isolda

O castelo era visível da proa do navio. Lancelot du Lac acreditava que, da pequena janela da torre, também fosse possível enxergar as velas da embarcação. Quem estava lá dentro não dava sinais de boas-vindas, como seria de praxe ao perceber a Insígnia do Dragão flamulando. Enquanto imaginava o que poderia encontrar escondido naquelas pedras gastas pela erosão, o Ultramarino respirava aliviado por voltar à ativa a serviço de Arthur Pendragon.

Com o Santo Graal finalmente encontrado e Mordred morto, as coisas normalizaram na Corte. Se é que cento e vinte cavaleiros acima dos quarenta anos, gordos e sem exercício físico, além de ocasionais justas inofensivas, poderiam ser considerados normais. Arthur e Kay estavam, pouco a pouco, resolvendo todos os casos pendentes desde que a demanda pelo Cálice Sagrado afastou os melhores da Távola Redonda de seus cargos internos e políticos em Camelot. Algumas disputas pela posse de terras entre os irmãos Gawain e Gaheris, e principalmente casos envolvendo vice-reis e representantes do monarca em outras terras, sendo a tragédia ocorrida nos domínios do Rei Marcus da Cornualha a principal.

Como passava muito tempo fora de Camelot, Lancelot veio a saber da morte de Tristão de Liones meses depois do ocorrido, por meio de

Gawain. O Ultramarino repousava numa pequena abadia em Logres, onde descansava depois de ter dado um fim no chamado Cavaleiro dos Campos Verdes, que, além de não pagar seus tributos à Corte, vinha denegrindo a honra da Rainha Guinevere.

Tristão morrera subitamente em seu próprio castelo, sem muitos esclarecimentos por parte da viúva, a Princesa Isolda. Arthur e Merlin suspeitaram de traição e assassinato por envenenamento, mas outros problemas impediram que uma comitiva fosse enviada à Cornualha para esclarecer a situação. A guerra contra o usurpador se avizinhava e o Rei tinha sua própria cota de traidores com os quais se preocupar.

Lancelot quase embarcou por conta própria para saber o que tinha acontecido. Afinal, Tristão era seu único igual entre todos os cavaleiros que frequentavam a mesa de Arthur. No dia em que se encontraram pela primeira vez, ambos incógnitos, lutaram por mais de vinte e quatro horas seguidas até a exaustão, sem que nenhum dos dois vencesse a contenda. A partir daquele momento, juraram lealdade eterna.

Infelizmente, essa foi mais uma das promessas não cumpridas de Lancelot du Lac. Gawain tinha vindo a seu encontro solicitar sua volta imediata à corte, para a reunião do conselho de guerra que visava rechaçar as primeiras tentativas de Mordred em tomar Camelot, ao mesmo tempo em que se organizavam as equipes de busca ao Cálice Sagrado. A investigação a respeito da morte de Tristão de Liones teria de esperar até que tudo se resolvesse.

Agora, olhando para a torre que ocupava um pedaço cada vez maior do horizonte, Lancelot pensou que, se fosse homicídio, independente da vontade de Arthur em trazê-lo à Camelot para um julgamento, o culpado pagaria com a vida.

***

As duas Isoldas, lado a lado, como sempre desde a morte do cavaleiro, teciam a quatro mãos a manta que já media mais de dez metros.

Os olhos azuis de uma refletiam os da outra e há tempos não se ouvia palavra naquele aposento. Nem mesmo quando a bandeira do Dragão tremulou diante de sua janela o silêncio foi quebrado. O emissário do Grande Rei vinha tomar ciência do ocorrido.

Gweyth, senescal do castelo de Blanchemans, surgiu no vão da porta, trazendo cestos abarrotados de flores orientais e iguarias das terras do sul, e curvou-se diante das princesas.

— Senhoras, Sir Lancelot du Lac, Primeiro Cavaleiro da Távola Redonda de Sua Majestade Arthur Utherson Pendragon, Rei da Britânia, Imperador de Roma e Mão de Nosso Senhor na Terra, enviado especial de Camelot, envia saudações e estes presentes. Solicita permissão para adentrar os portões com sua comitiva e, com sua anuência, uma entrevista com a Princesa Regente Isolda des Blanchemans.

Uma das Isoldas levantou a mão direita, ornada por um anel de ouro cravejado. O destino do cavaleiro estava selado. E, em consequência, o de todos os moradores daquele castelo.

***

O vinho era bom. Não tão doce como o da Corte, afinal, Kay recebia seus suprimentos diretamente do palácio do Rei Pescador, onde Parsifal assumira o trono ao se casar com uma das sacerdotisas do Graal e descendente direta de José de Arimatéia. Qualquer alimento advindo da adega do Rei Pescador seria o mais doce do mundo.

Sim, o vinho de Blanchemans era bom. Ligeiramente ácido, excitando a língua e as narinas, trazendo à mente pensamentos soterrados por anos de penitência.

Lancelot entregou o cálice ao pajem que o servia e levantou-se ao ver Gweyth ao pé da escada, no saguão central. A audiência aconteceria como previsto. Estava para nascer o regente que recusasse um pedido de um emissário de Arthur Pendragon, ainda mais sendo esse arauto o famoso Sir Lancelot du Lac, filho da espuma do mar. Mas até lá, os recém-chegados iriam cear e descansar. Os aposentos eram espaçosos e toda a companhia de Lancelot foi alojada em quatro aposentos, deixando a tripulação do navio junto à criadagem. Apenas um homem, Warth, o capitão, ficou a bordo.

Para o Ultramarino, um aposento inteiro foi ornado com as mais belas flores locais, incenso e muitas peles. Depois da refeição, Lancelot deitou-se e dormiu de imediato. Em sonhos, ele, que havia sido perdoado pelo representante de Deus na Terra, reencontrou seus pecados.

***

A manhã chegou e, com ela, a surpresa. A princesa era duas, iguais como irmãs a não ser pelas mãos. A primeira tinha dedos alvos, a segunda trazia a tez corada, como se exposta ao sol, coisa quase impossível na costa enevoada da Cornualha.

— Perdão, senhoras, — disse com uma pequena mesura que traía sua desconfiança — procuro pela regente Isolda de Blanchemans e Liones, em nome de nosso Soberano Arthur Pendragon.

A mulher pálida acenou levemente com a cabeça.

— Sou quem procura, senhor, mas receio que será necessário ampliar a entrevista para três participantes em lugar de dois. Permita apresentar-lhe Isolda da Cornualha, viúva do Rei Marcus.

Lancelot compreendeu o primeiro mistério. Deveria ter-se informado melhor, mas a ânsia em sair de Camelot, a sede por novas aventuras e a vontade de vingar o amigo trouxeram à tona a ansiedade juvenil e ele saiu sem estudar com Kay e Arthur o histórico documentado do cavaleiro de Liones.

Isolda da Cornualha, esposa do Rei Marcus, tio de Tristão, foi seu grande e indisfarçado amor. Os trovadores cantam que, graças a um filtro mágico, os dois jovens se apaixonaram durante a viagem na qual o então recém-sagrado cavaleiro conduzia aquela que estava prometida como esposa a seu tio e padrasto, a quem jurara devoção eterna.

Apesar de inicialmente fiéis a seus votos, os dois sucumbiram à paixão e deram início a uma tragédia da qual nenhum dos três vértices do triângulo saíram incólumes.

Lancelot não podia deixar de lembrar de sua própria vida, de seu triângulo particular. A diferença é que, no seu caso, os amantes colocaram em risco um plano mestre que visava unificar todo o país sob a égide de um único Rei. Alguém que deveria ser perfeito, acima dos males da humanidade. Um Rei que transcendesse o tempo, que fosse eterno. Porém, para o Primeiro Cavaleiro e a Rainha da recém-unida Inglaterra, só havia um sinônimo para Eternidade, e seu nome não era Arthur Pendragon.

No caso de Tristão e Isolda, as coisas foram um pouco mais fáceis, já que o Rei Marcus acabou se revelando um rematado canalha. O casal de infiéis não via muitos problemas em trair a confiança de um rei que não demonstrava caráter, mas ainda assim suas vidas foram cheias de conflitos e desencontros, sendo o pior deles a briga que resultou no casamento de Tristão com a princesa Isolda de Blanchemans, uma mulher que, além do mesmo nome, era tão parecida com sua paixão adolescente que foi fácil desposá-la num primeiro impulso.

Tudo isso estava documentado nos arquivos de Kay, em Camelot, incluindo a morte inglória de Tristão, esperando pela visita de sua Isolda sobre os lençóis da esposa oficial, mas Lancelot não soube de nada, pois estava envolvido em uma busca infrutífera. O Graal já havia sido localizado e assegurado por Parsifal, enquanto o Primeiro Cavaleiro se embrenhava cada vez mais nas terras sombrias sem perceber que a escuridão, muito mais que física, era sinônimo de sua culpa.

Acabou virando eremita e passou dois anos — o tempo do cerco a Camelot — enfurnado primeiro numa caverna e depois num convento. Quando saiu, fraco devido a inúmeros jejuns purificadores, encontrou Arthur envelhecido e Guinevere exclusivamente dedicada à Igreja. Ainda assim, seus serviços eram desejados por ambos.

A Távola Redonda foi reconstruída, os planos mestres de Merlin retornaram à pauta do dia e, lentamente, Arthur, Kay, Bohors, Bleoboris, Gawain, Gaheris e Parsifal, os últimos cavaleiros remanescentes, começaram o processo de revitalização de Camelot. Se funcionasse a contento, em mais três anos tudo estaria de volta ao normal e ainda melhor, com os aprimoramentos tecnológicos idealizados por Merlin.

Mas, infelizmente, Lancelot du Lac não se sentia mais em casa.

Sua dívida com Arthur persistia — e talvez fosse até maior -, mas seu amor pela Rainha transformou-se em azedume, pois considerava-o responsável pela sua incompetência em ascender espiritualmente, como seu finado filho Galahad. Com tantas memórias ruins ligadas àquele lugar, mas ainda preso a um sentido de honra, Lancelot escolheu se tornar um mensageiro, a "mão do Rei" além dos muros do palácio, aquele que leva a justiça do Dragão. Assim, ficaria em paz com sua consciência, mas longe de Camelot e de seus fantasmas, mortos e vivos.

— O que Sua Majestade, o Rei, deseja de nós, Sir? — disse Isolda, a branca.

Lancelot manteve-se imóvel. Não se sentia confortável diante de mulheres.

— O Rei quer saber detalhes sobre a morte de Sir Tristão de Liones, senhora. Com os acontecimentos que abalaram a corte nos últimos três anos, ficou muito difícil estabelecer contato com a Cornualha, mas todos ficaram a par dos acontecimentos funestos que tiveram lugar neste castelo. Assim que foi possível, o Rei me enviou para averiguar e, caso seja necessário, estabelecer uma solução definitiva para o desaparecimento de um cavaleiro que teria sido de grande ajuda nos piores momentos pelos quais passamos.

Isolda, a vermelha, deu um passo à frente.

— O senhor era amigo de Sir Tristão?

— Tristão de Liones foi o único companheiro em armas que jamais derrotei. E isso significa muito mais que mera amizade cortês. Contemplar seu semblante era como mirar um espelho.

As duas mulheres trocaram um rápido olhar. Haveria ironia naquela frase? Não existia nada semelhante a Tristão naquele homem alquebrado sobre o qual a armadura dançava.

Lancelot estava claramente incomodado, mas a investigação deveria seguir em frente.

— Devo ser sincero, senhoras, e admitir que fico surpreso em encontrá-las sob o mesmo teto.

Isolda de Blachemans respondeu a pergunta implícita:

— As mulheres têm caminhos diferentes dos homens, Sir. Ao chegar aqui, minha irmã Isolda percebeu que, além de amarmos Tristão, compartilhávamos diversas semelhanças. Depois do período de luto, decidimos que era melhor para ambas somarmos a vida como dividimos a morte.

A vermelha continuou.

— A opção seria voltar aos domínios de meu marido Marcus e isso seria intolerável. Antes morar aqui, sob a égide do maior dos cavaleiros, que morrer aos poucos, respirando o mesmo ar que aquele homem abjeto.

O Ultramarino trincou os dentes.

— Senhora, o Rei Marcus arrependeu-se de seus crimes e permitiu, abdicando de seus direitos, que a senhora velejasse até este castelo, maculando a própria honra. É quase uma heresia que, diante de tamanho ato de desapego à hombridade, expresse tais palavras rudes.

A vermelha manteve-se irredutível.

— Ele pode ter-se arrependido, mas daí a perdoá-lo vai uma longa estrada, talvez uma vida inteira.

— Aos monarcas, senhora, permite-se um ou outro erro, pois o peso sobre eles é imensurável. Reis nascem reis, mesmo que nos pareça que não. A nós outros, por outro lado, cabe a humildade.

A branca riu-se.

— E as rainhas, Sir, não serão por acaso dignas de seu perdão? — e posicionando-se ao lado da vermelha, acrescentou — Pois sobre o dever, a lealdade e as agruras das rainhas, o senhor é bem versado, não é verdade?

Se as rugas permitissem, Lancelot teria corado. Sua vergonha, então, era pública e notória a ponto dessas mulheres separadas da corte por quilômetros e ilhadas há tempos, terem perfeita noção de seus pecados. Era hora de recuperar terreno, usar de autoridade.

— Nada sei de tais assuntos, senhora. O que percebo é que há atitudes incomuns em Blanchemans. Um silêncio que permeia as paredes e um segredo que urge ser revelado para que a justiça do Rei possa ser efetuada. Rogo que comprovem a natureza do passamento de Sir Tristão.

— O cavaleiro desconfia que a morte de Tristão tenha sido artimanha maquinada — disse a branca — Mas com que intuito? O que ganharíamos com o falecimento de nosso amado?

Lancelot franziu o cenho.

— O que teriam ganho não consigo atinar, mas sei o que lhe roubaram. Um cavaleiro como ele, morto de outra maneira que não em combate, é uma afronta à Vontade Divina. Assim como eu, o campeão de Liones e Cornualha nasceu para jamais embainhar a espada. Sua própria vida era a lâmina com a qual trespassava os adversários iníquos. Se tivesse de tombar, que fosse numa justa ou em duelo. Deixá-lo morrer na cama foi como matar sua alma junto com o corpo.

As mulheres se entreolharam e Lancelot pôde antever lágrimas silenciosas. Atrás delas, Gweyth, o senescal, abaixou a cabeça.

— Chegou a hora, então — falou a branca — Sir Lancelot compreende a essência do mal que atinge a todos neste castelo. Tendes razão, cavaleiro. Sou a responsável pelo ocorrido com Tristão. Ele adoeceu por amor, pela falta de Isolda da Cornualha, que ao saber de suas agruras, não tardou em embarcar. Eu, porém, movida pelo sentimento de posse, pelo ciúme que consome, não lhe disse que o navio se aproximava e ele expirou infeliz, achando que seu amor não era correspondido. Tivesse eu falado a verdade, meu marido ainda viveria.

A vermelha virou-se para a sósia.

— Não, minha irmã, se há de cair a lâmina sobre alguém, que seja eu. Sou mais culpada que qualquer outro, pois dei ouvidos a intrigas, duvidei dele, de sua imaculada honra, e recusei encontrá-lo por orgulho até o último instante, quando já não era mais possível a salvação.

Lancelot sentia as entranhas em revolução. O suor escorria pela fronte.

— Se as senhoras acreditam que vão me dobrar com esse teatro grego, estão enganadas. A justiça de Camelot se faz urgente e, se a decisão das duas é que sejam punidas em conjunto, assim o será. Por favor, preparem-se para a viagem à Corte. Deste momento em diante, Blanchemans está sob intervenção do Rei Arthur Pendragon. Isolda de Blanchemans, suspeita do assassinado premeditado de Sir Tristão de Liones, cavaleiro da Távola Redonda, está oficialmente detida e à mercê do Julgamento Real, assim como sua autoproclamada cúmplice, Isolda, Rainha de Cornualha.

Ao final da sentença, o Ultramarino desabou sobre um banco de madeira forrado de peles. Sua tez estava lívida e logo um pajem acudiu.

— Bruxas, o que fizeram? — sussurrou Lancelot — Sinto gosto de bile!

Isolda, a branca, falou sem levantar a cabeça:

— Mil perdões, Sir, mas apesar de admitir a culpa, jamais disse que me arrependia.

Obedecendo a um comando, Gweyth desembainhou a espada. Chefiando a guarda do castelo, composta por vinte homens, assassinaram a comitiva que acompanhava o Ultramarino.

Isolda, a vermelha, gritou:

— Não era para ser assim! Pensei que tínhamos acertado tudo, que nos entregaríamos.

A branca fixou os olhos azuis, tristes, enxugou as lágrimas e estendeu a mão, cortando o discurso da outra pela metade. A agulha com a qual tricotava a manta mortuária de dez metros fincou-se no pescoço de Isolda da Cornualha e o sangue tingiu a palidez de seus dedos.

No meio do salão, Lancelot, cuspindo rubro, brandia a espada. Dez inimigos haviam caído na tentativa de derrubá-lo, mas o velho recusava-se a morrer. O décimo-primeiro, não muito certo da própria coragem, mantinha-se a uma distância segura, confiando no desequilíbrio do Ultramarino.

Fingindo desmaiar, o Primeiro Cavaleiro jogou-se para frente e desceu a espada num arco que abriu o covarde da cabeça ao peito. O cadáver caiu levando a espada junto, cravada em seu osso externo, e deixando Lancelot à mercê dos outros nove membros da guarda.

A um gesto de Isolda Blanchemans, imobilizaram o cavaleiro.

— Levem-no ao barco. Que morra no mar e que seu corpo dê um recado ao Rei Dragão. A morte horrível é tudo que aguarda os visitantes de Blanchemans.

E arrastaram Lancelot du Lac.

***

Warth intuiu de imediato o curso dos acontecimentos quando viu a cena na praia. Era óbvio que todos estavam mortos e que Sir Lancelot ia pelo mesmo caminho. O único curso de ação seria escapar dali, voltar a Camelot e contar tudo ao Rei, pois ele não tardaria a se vingar. Mulher audaciosa, aquela...

Lancelot foi depositado como um saco vazio sobre o convés e o senescal intimou Warth a partir sem demora. O Primeiro Cavaleiro vomitava sangue.

Pilotar o navio sem a tripulação foi exercício hercúleo, mas Warth conseguiu estabelecer um curso estável e, se nada de ruim acontecesse no caminho, chegariam a Camelot sem percalços.

O Ultramarino tinha no máximo, algumas horas de vida. Não chegariam a tempo de salvá-lo.

Ainda assim, seus olhos brilhavam. Ansiava por uma espada.

— Estou em meu elemento, Warth, sobre a casa de minha mãe. Mas não quero morrer como um cão vadio, como um rato que empesteia uma cozinha. Dê-me uma espada, amigo.

Acreditando cumprir a vontade de um moribundo, Warth pegou uma lâmina extra que por ali estava, um aço não muito bom, quase um chuço, e colocou nos dedos esquálidos.

O suor porejava na testa do cavaleiro quando proferiu a última frase de sua vida:

— Em guarda, amigo Warth. Mate-me em duelo, pelo amor de Deus.

***

A nau fantasma aportou na costa de Logres dois dias depois.

Os corpos do encarquilhado Lancelot du Lac e do barqueiro Warth, trespassado por uma lâmina, era um recado mais do que suficiente, e Arthur, depois de um dia de luto fechado, partiu furioso com uma frota de dez navios, decidido a esmagar Blanchemans e quem estivesse dentro do castelo.

A nau capitânia e outros dois barcos levavam um arsenal único: uma adaptação fluvial das catapultas romanas, velho projeto de Merlin, levado a cabo por Kay e uma comissão de monges. No bojo dos navios, um mecanismo banhava com óleo a superfície dos projéteis, pedaços esféricos de granito forrados com couro de cabra, e o fogo era ateado segundos antes do disparo, possibilitando às embarcações atingirem com precisão alvos em terra firme.

Da janela de seus aposentos, Isolda de Blanchemans divisou a insígnia real e maravilhou-se.

Deixando uma trilha fumegante nos céus, o dragão voava a seu encontro.

Na Fronteira com o México, Perto do Fim do Mundo

Parte 1: O Nó Corrediço

A areia do deserto entrava pela boca, pelos olhos e já estava em todo o corpo, até por dentro das ceroulas. O sol, então, era de cozinhar os miolos, mas o pior seria a noite, fria como o beijo daquela vagabunda.

Injustiça. A mulher não valia nada, mas até que em termos de safadeza era comparável às melhores do ramo. Pensando bem, o pagamento pela noitada foi justo: seus dois colts, a cartucheira e a roupa toda, exceto a ceroula esgarçada e as botas. Ruim foi ser expulso à bala do rancho às cinco horas da manhã pela mãe dela, a maldita Fattie Gofoey, e deixar o cavalo.

Às duas da tarde, Lash já tinha perdido a noção de quanto tempo andava a esmo e nem se importava mais. Não havia sinal de sombra, os lábios estavam rachados e nem uma gota de suor em seu corpo, sem contar a sede e a fome absurda. Nesse momento, quando já estava quase desistindo e se jogando no chão árido, viu o abutre.

Foi um piscar de olhos: num momento ele não estava ali, e no seguinte sempre esteve. Impassível, com seus olhinhos desapaixonados na cabeça careca, o bico recurvo que eventualmente coçava embaixo da asa um piolho invisível, a ave vigiava em silêncio, esperando um momento de fraqueza. Lash franziu os olhos sentindo a pele da testa estalar de tão seca, e, na falta de algo melhor para fazer, mostrou os dentes rosnando um grunhido para assustar a fera. O som resultante foi patético. Algo parecido com um idoso sofrendo de prisão de ventre. O abutre piscou duas vezes, mudou a perna de apoio e continuou quieto, esperando.

Então, teve a ideia brilhante... a saída era o abutre! Agarrar aquele bicho nojento, partir o pescoço pelado a dentadas e beber o sangue. Depois comer a carne crua mesmo. Com isso forraria o estômago e conseguiria arranjar forças para continuar andando até o anoitecer. Só havia um problema: pegar o animal.

Descalçou as botas, retirou a ceroula rasgada na virilha, ficando perigosamente nu no meio do deserto. Agora o risco de insolação era de cem por cento, mas esforçou-se para não pensar nisso. Improvisou um nó corrediço com as pernas da roupa de baixo e preparou-se para laçar a ave. Fez cara de quem não queria nada, olhou para o outro lado e, num movimento repentino, jogou o laço na direção do bicho. Errou longe. A única reação do animal foi acompanhar com curiosidade o trajeto do pano até o chão.

O homem recolheu o laço com raiva, enrolou o pano no braço esquerdo como se tratasse de uma corda de verdade e, com mais violência que antes, mas caprichando na pontaria, arremessou. Acertou o abutre, mas não o laçou como queria. O pássaro abriu as asas negras, recuperando o equilíbrio, e deu um pequeno salto para trás, grasnando. Nada outra vez.

Com os olhos vermelhos de raiva, Lash recolheu o pedaço de pano e, com toda a força que ainda tinha, jogou o laço uma última vez.

O nó corrediço apertou o pescoço do abutre, que se debateu assustado, buscando alçar voo. Lash forçou o pano para baixo, tentando evitar a decolagem do pássaro que batia as asas desesperado, grasnando e guinchando um assobio agudo de medo.

O homem louro segurou firme os restos da ceroula e puxou o animal em sua direção. As asas poderosas abanavam o ar, tentando se desvencilhar do aperto, e as garras do pássaro já arranhavam o peito nu do homem. Mais um puxão e a ave estaria ao alcance das mãos secas que visavam o pescoço.

E então, com um estalo, Lash caiu de costas, segurando com força absurda uma perna da ceroula rasgada que havia cedido na costura da virilha, enquanto a outra metade flutuava pendurada no pescoço do abutre, voando cada vez mais alto.

Lash urrou de ódio. Ódio da ceroula, do abutre, do sol, do deserto, da Fattie Gofoey, da filha dela, da jogatina da noite anterior na qual havia ganho aquela pequena fortuna, toda guardada nos bolsos secretos da sela de seu cavalo, preso no sítio das Gofoey. O homem nu pulava como um possesso no meio do deserto, com os punhos fechados girando sobre a cabeça enquanto a ave circulava no céu, com uma gravata vermelha pendendo de seu pescoço. Voava cada vez mais alto, com certeza caçoando do sujeito lá embaixo, com seus guinchos cada vez menos audíveis, até que houve o disparo.

Tomou um susto tão grande com a queda do abutre morto sobre sua cabeça que desabou outra vez no chão poeirento do deserto. Com a boca aberta, finalmente percebeu a silhueta do homem que cavalgava contra o sol, em sua direção, com o rifle fumegante apoiado na coxa direita.

— Ei, compadre. — Rosnou o recém-chegado — Problemas com o pássaro?

Ainda ofuscado pelo sol, Lash apenas conseguiu identificar a jaqueta azul e um brilho estranho no olho direito do recém-chegado, branco e arregalado, sem pupila, boiando sobre uma imensa cicatriz que era a metade direita do rosto. Provavelmente cego.

Com um meio sorriso, sussurrou antes de desabar, desmaiado pela insolação:

— Graças a Deus... Jonah...

***

A parede negra e circular estava limpa. Do outro lado do túnel estava a cabeça de Lash, dormindo.

Jonah afastou o cano do colt do olho bom. Quem vive pelo revólver tem de mantê-lo sempre imaculado, sem um cisco de poeira. Um homem sujo pode sobreviver, já uma arma malcuidada é passaporte para o cemitério. Lugar no qual seu companheiro estava prestes a dar um passeio.

Deitado sobre uma maca improvisada, amarrado com tiras de couro que foram um dia as rédeas reservas de seu cavalo, Lash era um peso que o caçador de recompensas carregava pelo deserto, atrelado às ancas de sua montaria.

Jonah colocou o tambor carregado de balas no pino e fechou o revólver, guardando-o no coldre. Os motivos pelos quais estava fazendo essa boa ação carregando o outro não eram claros. Uma racionalização mais afoita apontava a praticidade de ter alguém que conhecesse pessoalmente as Gofoey e já tivesse estado dentro da casa delas, mas havia algo mais que não sabia precisar, uma espécie de instinto que lhe assegurava que era melhor manter aquele civil inútil por perto.

Jonah arrancou uma coxa de abutre já devidamente tostada da fogueira improvisada e, com ela presa entre os dentes, tirou o cantil da sela de seu cavalo. Sentou-se no chão, molhou o lenço que pendia da testa de Lash e torceu-o sobre a boca do doente, que tossiu, fraco, e abriu os olhos.

— Obrigado por me tirar de lá.

O homem desfigurado acenou com a cabeça, enquanto comia um pedaço de carne.

O doente apontou com o queixo para o osso que Jonah trincava com os dentes.

— É o meu abutre? — tentou sorrir — Se é, será que posso ter um pedaço?

O pistoleiro de aluguel se levantou e foi até a fogueira. Voltou com um pote de barro, pintado com motivos navajos, e estendeu-o para Lash.

— O que é isso? — perguntou ao ver, dentro do pote, um líquido pastoso verde no qual flutuavam pedaços de algo indefinível.

— Beba.

Não havia espaço para discussão com aquele tom de voz. Lash bebeu e mastigou tudo sem parar para respirar. Jonah comeu pouco, o suficiente para se manter, sem empanturrar o estômago com a carne de uma ave que se alimentava de carcaças. O preparado índio deveria curar o louro em dois dias; mais do que o suficiente para, acampados nas cercanias do sítio das Gofoey, tomarem conhecimento de tudo que acontecia lá dentro. Se o informante de Jonah estivesse certo, em breve a Águia mostraria suas penas e, em seguida, a Raposa, real motivo de sua vinda até a cidade de Coyote — no extremo sul do Texas —, apareceria em toda sua glória.

Assim que Lash terminou a refeição, Jonah perguntou:

— Viu algum homem no rancho?

— Que rancho?

— Das Gofoey.

Lash levantou as sobrancelhas e tossiu.

— Por que acha que vim de lá?

— Porque é o único lugar próximo daqui. Você foi lá, dormiu com a guria e foi roubado. Já aconteceu com gente melhor.

— Lash sorriu.

— Com você, por exemplo?

Jonah não respondeu. O outro desviou o olhar para o pote.

— O que tinha aqui? Já estou me sentindo melhor!

— Se eu disser, você vomita. Agora fale: viu algum sujeito lá?

— Não. Mas não prestei atenção.

— E é por isso que ficou nu e febril no meio do deserto.

Lash levantou o corpo e sentou na maca improvisada.

— OK, tem razão, mas quem é o homem que poderia estar lá? Deve ser valioso para terem contratado você.

O mercenário decidiu contar uma parte da verdade.

— Quando Maximiliano caiu, em 1860, alguns oficiais e políticos fugiram para o Texas. Esse que eu procuro é um deles. Foi governador de Los Angeles e atendia pelo apelido de "El Aquila".

— Criminoso de guerra? — sussurrou Lash como se alguém pudesse ouvi-los.

Jonah não respondeu, apenas deslocou o ombro esquerdo como quem diz "não me importa o que ele seja". Depois de um curto espaço de tempo, falou:

— Soube que ele está escondido no rancho das Gofoey. Parece que fizeram um tipo de acordo. — e, encarando Lash com o olho bom, acrescentou — Quer me ajudar a tirá-lo de lá?

Lash sorriu.

— Não sei. Divide a recompensa comigo? Cinquenta por cento.

Imediatamente, Jonah sacou o revólver e disparou. Uma pedra, a dois centímetros de distância do joelho direito de Lash, virou pó. Diante do homem paralisado de medo, Jonah respondeu:

— Eu não negocio.

O eco do tiro serviu de contraponto para a frase final de Lash.

— Fechado.

A trinta metros dali, um puro-sangue negro estacou sua caminhada, levantando as orelhas. O cavaleiro mirou o horizonte na direção do som e um leve ar de riso clareou o rosto moreno. Não era disparo de espingarda, mas de Colt 45, logo, não se tratava de um caçador, mas de pistoleiro. Pelo visto, a festa no rancho Gofoey seria boa.

***

Alfonso Melendez foi muito rico. Teve todas as mulheres que bem entendeu em palácios dignos dos sonhos dos califas árabes. Agora as paredes coalhadas de manchas de inúmeros insetos esmagados pareciam rir da sua cara. A cama de palha, então, era um escárnio. Pensava naquele Juarez nojento, vivendo no luxo ao qual não merecia, e antecipava o momento em que entraria pelas portas do palácio do governo e arrastaria o animal pelas orelhas até a praça central para enforcá-lo e a todos os seus golpistas. Conseguia imaginar seu novo exército, formado por homens de têmpera, competentes, profissionais trazidos de várias partes do México e dos Estados Unidos. Uma força de invasão e coerção nunca vista.

Havia contactado um sujeito muito especial, conhecido apenas por um prenome incomum: Chris. Um pistoleiro assustador. Completamente calvo, roupas escuras e simples. De poucas palavras, mas com bons contatos e um tino para negócios invejável. Prometeu montar uma equipe especial constituída por seis outros especialistas — profissionais como ele — que serviriam como linha de frente para a invasão do palácio. Seria perfeito, mas precisaria de uma pequena fortuna para pagar esses homens especiais e, para tanto, El Aquila — que ganhou esse apelido graças à sua mente estratégica e impiedosa, mas a quem o povo chamava de "La Bestia" pelos mesmos motivos — teve de imaginar um plano para arranjar muito dinheiro rapidamente. O saloon de Fattie Gofoey surgiu como a salvação da lavoura. O último otário, depenado duas noites atrás, havia ganho uma fortuna e pensou que tinha escondido o dinheiro muito bem, na sela do cavalo.

Levantou-se, vestiu as calças e as botas sem se importar com roupa de baixo, pegou o colt 45 e escancarou a porta. Por trás dele, a guria levantou a cabeça sonolenta. Não parecia ter mais de 15 anos, mas em termos de experiência deixava muitas profissionais comendo poeira.

— Vou me lavar. — disse, sem olhar para trás.

— Precisa do revólver pra isso também? — perguntou a menina, enquanto se espreguiçava.

Um único motivo manteve a cabeça da moça com apenas sete buracos naquele momento: Fattie Gofoey, a mãe dela, era muito gorda e ele odiava fazer o serviço com gordas.

Saiu batendo a porta fingindo não ouvir os risinhos. Desceu as escadas pulando os degraus dois em dois e, antes de sair em direção ao reservado, cinco metros distante da casa, olhou pela fresta da porta principal.

Mais uma manhã de sol. Como se isso fosse novidade.

Saiu confiante, com o cabo do colt bem seguro na mão e o dedo no gatilho. Percorreu o curto trajeto até a casinha de madeira onde ficava a cloaca e, como fazia todos os dias desde que passou a morar no rancho das Gofoey, parou diante da entrada do cubículo sem dar atenção à dor surda no ventre, contou lentamente até dez e, num repente, escancarou a portinhola, mantendo o revólver em linha reta diante do rosto.

Como sempre, nada. Finalmente relaxou e entrou na casinha. Desafivelou o cinto e deixou a calça cair enquanto urinava, satisfeito. Um leve sorriso despontou enquanto sacudia as últimas gotículas e chegou a fechar os olhos, prazeroso.

Foi aí que a coronha do rifle esmagou seu nariz. O sangue espirrou enquanto o homem tropeçava porta afora, com as mãos sobre o rosto. Por trás da parede traseira do reservado, de onde uma tábua havia sido cuidadosamente serrada e encaixada novamente de modo a permitir que um homem adulto enfiasse sem problemas dois braços através da madeira, saiu um sujeito alto, vestindo um uniforme confederado.

Caído e sangrando muito, Melendez tentava se arrastar, mas as calças arriadas funcionavam como algemas para as pernas e, toda vez que tentava se aprumar, acabava estatelado outra vez no chão pedregoso.

O uniformizado não deixou de aproveitar a situação. Com a ponta da bota, acertou cinco chutes entre as costelas do espanhol enquanto gritava.

— Minhas calças, corno desgraçado! Devolve minhas calças já!

Enquanto Lash fazia o general de saco de pancadas, Jonah, com dois revólveres nas mãos, correu para a soleira da casa das Gofoey em direção à porta principal. Ao passar em frente a uma das janelas que ladeavam a entrada, pulou para longe, antecipando o tiro de *winchester* que veio de dentro.

"Barulhento filho de uma vaca!" — pensou, enquanto buscava proteção atrás do estábulo. Se o outro não tivesse feito um escarcéu batendo no sujeito, Jonah teria conseguido entrar calmamente no rancho, e preparado a armadilha para sua presa principal. É o que dá confiar em instintos. Deveria ter deixado aquele palhaço morrer seco no deserto com um abutre enfiado no traseiro. Se aquele tiro de rifle o acertasse, poderia ter sido partido ao meio.

Dentro da casa, Fattie Gofoey e a filha tinham toda a vantagem do mundo. Acostumadas a depenar homens idiotas desde que abriram o *saloon* em Coyote e passaram a gerenciar a jogatina com a morte de Jedediah Gofoey, as duas estavam com armas e munição suficiente para um cerco de dois dias e, após o treinamento com o oficial espanhol, elas sabiam muito bem como usá-las.

O acordo com o general Melendez havia sido bem proveitoso. Elas deram guarida e prestaram outros "favores", enquanto ele ajudou a aperfeiçoar a jogatina. O *saloon* em Coyote instituiu um "torneio" de pôquer que, em poucos meses, passou a atrair jogadores de todo o país. Aí era uma questão de escolher um deles, de preferência, um desconhecido falastrão, deixar o sujeito ganhar uma bolada, levar para casa e depenar o frango, deixando o deserto cuidar dele depois. Os *rangers* bem que sabiam disso e já tinham as Gofoey sob vigilância eventual, mas como, na maioria das vezes, elas acabavam eliminado um imprestável, faziam vista grossa. Se eles soubessem, como Jonah, quem estava por trás das falcatruas, certamente pensariam duas vezes. Mas o caçador de recompensas não suportava os *rangers* e não seria ele quem daria a dica.

Enquanto balas zuniam sobre sua cabeça, o deformado pensava se a armadilha para a Raposa ainda funcionaria.

Dentro da casa, Fattie e Dorothy Gofoey estavam cercadas de cartuchos detonados por todos os lados e pareciam muito empenhadas em transformar o estábulo num queijo suíço, atirando com rifles por duas janelas que ladeavam a porta principal. Todas as manhãs, Dorothy acompanhava em segredo o general pela janela quando ele se dirigia ao mictório por receio que tentasse alguma gracinha ou fugisse com parte do dinheiro que elas estavam economizando. A ordem de Fattie era manter o sujeito sob estrita vigilância o tempo todo e, quando a menina viu o espanhol cambalear sangrando para fora do reservado, não pensou duas vezes: correu até o quarto da mãe e ambas subiram armadas para as janelas do primeiro andar.

Começaram a atirar, mirando exclusivamente em Jonah e perdendo de vista os outros dois homens. Como não tiveram tempo de trocar mais de duas palavras, Fattie não sabia que havia outro forasteiro vestido de azul e tomou um susto danado quando ouviu o barulho de um revólver engatilhado às suas costas.

— Oi, senhora Gofoey. Oi, Dorrie.

Parado em frente à porta dos fundos escancarada, estava Lash, empunhando um revólver com a mão direita e usando Melendez como escudo, seguro por uma gravata. Fattie chegou a levantar o rifle à altura do ombro, mas a entrada de Jonah pela porta da frente a impediu.

Com um revólver encostado às costas de cada uma das Gofoey, Jonah ordenou:

— Larguem.

Ao ver os dois *winchesters* caídos, Lash sorriu e pensou numa piada, qualquer coisa a ver com vir buscar suas roupas por não aguentar o fedor do uniforme reserva do mercenário, mas não teve tempo. Percebendo que a pressão em seu pescoço afrouxara, Melendez jogou todo o peso do corpo para trás, desequilibrando Lash que, apesar de dois dias de repouso, ainda não estava em plena forma. Ambos desabaram para trás, com Lash disparando a esmo e jogando a arma longe ao bater com a cabeça no chão.

Jonah viu o espanhol com as calças arriadas alcançar a arma e apontar para a cabeça do outro. Seria um tiro à queima-roupa, que espalharia os miolos de Lash por toda a sala, mas não havia nada que Jonah pudesse fazer para impedir. Se afastasse as armas das costas das mulheres, morreria num segundo, pois os rifles não estavam muito distantes dos pés delas. Não havia saída.

Melendez puxou o cão da arma, encostou o cano na têmpora de sua vítima e sorriu, o sangue seco no rosto vermelho ressaltando a estranha cicatriz branca em sua testa, encarando Jonah, que torceu o lado direito da boca. O espanhol estava tendo uma ereção!

O dedo do general pressionou o gatilho e, simultaneamente, ouviu-se um assobio. Pela porta aberta, atrás de Melendez, surgiu um cabo preto. Enrolou-se com um estalo no pulso do oficial e puxou-o para trás, com violência. A bala disparada pelo homem nu foi cravar-se na parede em frente e ele voou para fora do campo de visão de Jonah, estatelando-se na soleira. Em seguida, emoldurado pela porta aberta, um cavalo negro imenso passou em galope da esquerda para direita, arrastando o corpo nu do espanhol, que, amarrado pelo pulso, gritava desesperado, pelo chão arenoso.

Ainda imóvel, com as armas pressionando as costas das mulheres, Jonah encarou o dono do cavalo negro enquanto o animal completava a primeira volta pela casa.

— Olá, *senõr*. — O sorriso cristalino contrastava com a firmeza da voz do estranho, enquanto estendia uma das mãos para ajudar Lash a levantar.

— A Raposa — grunhiu Jonah.

O galope do cavalo começava a ficar mais audível que os gritos do espanhol. A segunda volta em torno da casa estava completa.

— Quem? — balbuciou Lash.

— A Raposa? — repetiu Fattie, boquiaberta — Eu pensei que você fosse uma invenção do general para nos assustar!

A mancha negra que passava diante da porta antecedia alguns gemidos e completava a terceira volta.

— Você vem comigo — cuspiu Jonah.

— Em um momento, *señor* — e assobiou. Um relincho e o cavalo reduziu a velocidade até parar em frente à porta escancarada. Atrás do animal havia algo parecido com um monte vermelho de carne, em silêncio absoluto.

Olhando rapidamente por cima do ombro, a Raposa apagou o sorriso.

— Está feito. A missão acabou. El Aquila, o último criminoso de guerra, está morto. — e, voltando-se para Jonah, estendeu as mãos envoltas em luvas negras — Agora podemos ir.

Lash, já recuperado, amarrou as Gofoey e recolheu seus pertences. Todos, menos as calças. Enquanto Jonah e a Raposa, já montados, esperavam do lado de fora, não pôde se furtar a uma última gracinha. Voltou alguns passos e beijou os lábios de Dorothy.

— A gente se vê, beleza.

Dorothy cuspiu enquanto sua mãe, chorando de ódio, sussurrou:

— Pode apostar, Lash. Nós vamos nos rever nem que seja no dia do fim do mundo.

Epílogo

— Por que você veio junto? — perguntou Jonah.

— Porque eu sempre quis conhecer o México. Dizem que Benito Juarez fez maravilhas por aqui! — respondeu Lash, olhando em torno.

— Hmmm. Mas não pense que vou dividir o pagamento com você.

A mansão onde os três homens se encontravam já tinha visto melhores dias. As tapeçarias nas paredes ainda deixavam antever a beleza das cores originais, agora desbotadas por anos de poeira e decadência. O pé direito altíssimo parecia querer ombrear o céu e, ao contrário de seus captores, a Raposa se sentia extremamente à vontade. Aquele ambiente era, sem dúvida, familiar.

O som de dobradiças velhas soou no segundo andar e, lentamente, uma figura encarquilhada surgiu das sombras que engoliam a escada principal, forrada por um tapete vermelho gasto pelo tempo.

Sem proferir uma palavra, o velho aproximou-se de Jonah e entregou-lhe um saco pesado. O silêncio era tão grande que o tilintar das moedas ocultas denunciavam sua qualidade. Era ouro, Lash podia afirmar sem dúvida.

Jonah pegou o prisioneiro pelos pulsos atados e colocou-o nas mãos do pequeno ancião.

— Trato feito.

O velho ergueu a mão direita e apontou a porta de saída. O jogador e o mercenário dirigiram-se até a saída e para a rua empoeirada. Ao virar-se para fechar a imensa porta, Lash pôde ainda divisar o velho com uma faca na mão, e o homem chamado Raposa, ajoelhado, mãos estendidas e cabeça baixa.

— Não se meta no que não lhe diz respeito! — vociferou o pistoleiro deformado — Todos aqui estão mortos.

E galoparam rumo ao centro da cidade do México.

Dentro da mansão, já livre de suas amarras, a Raposa mal conseguia conter as lágrimas.

— Está feito, amigo! — disse, abraçando o velho — A vingança é nossa.

O velho mudo sorriu. Agora poderia morrer em paz, sabendo que seu enteado havia cumprido a missão.

***

Os gritos das Gofoey acabaram atraindo uma dupla de *rangers* que volta e meia passava por ali, só por via das dúvidas. Depois de soltar as mulheres, foram examinar a carcaça destroçada que jazia em frente à porta dos fundos. Com um pouco de trabalho, conseguiram localizar a cabeça. Na testa, coberta por infinitos arranhões e hematomas, ainda se podia enxergar três cortes profundos, em forma de "Z".

Insone

Vapor embaça as lentes dos óculos. O café é péssimo, como sempre, mas, graças a Deus, tenho uma garrafa térmica cheia. As instalações são precárias. Como conseguimos ir adiante com um projeto tão meticuloso, que exige tanta precisão e acuidade, dentro de um ambiente tão sujo? Há areia do deserto em todos os consoles, todos os painéis de controle.

Estou há duas noites sem dormir. Eu e toda a equipe. Homens e mulheres sonâmbulos pelos corredores, trabalhando sem parar, cheirando a graxa e coisa pior (sim, porque o banheiro está entupido há mais de uma semana e ninguém tem tempo para dar atenção a uma coisa tão insignificante quanto merda flutuando no reservado masculino. Não é preciso dizer que a segurança aqui é tão alta que não há pessoal encarregado da faxina). Os militares estão pressionando nossa equipe. Querem resultados, e eu, chefe do projeto, sou o mais cobrado de todos.

Observo a superfície do líquido preto dentro da caneca de latão. Ainda sou eu. Mais feio, descabelado e com olhos miúdos boiando em órbitas escuras, mas ainda eu. Bebo um gole do meu reflexo. Amargo. Meu gosto é horrível. Consegue ser pior que meu cheiro. Mau cheiro. Como o do banheiro masculino.

Os óculos embaçam totalmente. Estou em meu quarto, aos dez anos. O café tomou conta de tudo e a única luz que resta vem por baixo da porta. No canto, encolhido, trêmulo, sei o que acontecerá. Não é um sonho, é uma recordação, e lembranças não trazem novidades, apenas repetições. Não me espanto com a porta que subitamente se escancara, mas grito assim mesmo. Porque tenho de gritar. É a única coisa que posso fazer além de sangrar.

A silhueta é enorme. Recortada em frente à porta, separada da realidade pelo umbral, ele me encara e sua voz, mesmo sussurrada, encobre meu grito. Ele fala e minha garganta arde. Repete a mesma ladainha de sempre, diz que sou um fraco, que puxei à minha mãe, que não sou homem. Eu me encolho mais e mais, tentando segurar as lágrimas. Tenho de provar que ele está errado, suportando tudo sem chorar.

A última frase vem, como sempre. Trata-se de uma ordem e obedeço. À esta altura não há mais luz, apenas o brilho da fivela do cinto. Uma fivela fascinante, com dois pinos que perfuram dois furos paralelos no couro reforçado. Um cinto de homem, sem dúvida. Mastigo essa imagem para escapar da dor e decoro cada centímetro da tira, cada ruga, cada imperfeição. Oito furos. Quatro pares. Dois a dois. Em sequência. Paralelos. Que nunca se encontram. Para sempre. Juntos, porém separados. Mesmo que se odiassem, nunca se afastariam.

A dor acaba. A imagem se transforma e o café já não inunda o universo. Agora, é uma floresta linda, mas impenetrável.

Tenho vinte anos. Estou no carro verde-oliva com ela, no banco de trás, e posso ver a floresta, tocar as folhas e o orvalho. Mas é só. Minhas calças parecem que vão explodir e eu imploro, estou fora de mim.

Não. De jeito nenhum. Eu estou pensando que ela é o quê? Não penso em nada. Minha cabeça é um branco total. Não, branco, não. Branco é cor de pureza, de mulher. Outra cor. Minha cabeça é outra cor. Minha cabeça é da cor da frustração, da inveja e da impotência. Não só minha cabeça, a cor sou eu.

Não há mais carro, não há mais ela, não há mais eu. Apenas a floresta resiste, forte, inviolável, sem fim.

A mão sacode meu ombro e me levanto com um sobressalto. É ela. Ao fundo, uma sirene berra como se anunciasse o fim do mundo e eu, o último passageiro a embarcar, estivesse atrasando o barco. Os óculos, totalmente transparentes, estão largados sobre a mesa, ao lado da xícara fria.

— Está na hora. Se o general pega você aqui é capaz de lhe dar uma surra.

Sinto a floresta recuar para dentro de mim, junto com toda a raiva. A cor se vai, a calça afrouxa.

— OK. Deixa só eu passar uma água no rosto e já vou pra lá, certo?

Ela sorri e sopra um beijo. Deseja boa sorte em silêncio e fecha a porta.

Tenho trinta e dois anos. O espelho do lavabo me encara como se não me conhecesse e, enquanto gotejo sobre a pia, ouço meu nome pelo comunicador interno. A voz é metálica e indiferente. Aqui sou apenas uma palavra desprovida de sentido, uma bandeira sob a qual vários se abrigam e garantem um salário e a esperança de glória futura. Mais uma vez engolindo a raiva incipiente, visto o jaleco sobre o paletó amarrotado, cheio de caspa, e saio.

A janela da sala de testes mostra o cenário desértico lá fora. Aqui dentro há uma paleta de cores monótonas. Toda a equipe me deseja bom dia. Os militares, não.

— Bom dia, senhores.

Encaro os rostos esverdeados, feios, com falso entusiasmo, enquanto observo pela última vez o mundo antes que a floresta que mora em mim o engula. Lá fora, deitada sobre a areia amarela, a bomba dorme tranquila.

INFERNO E OUTRAS ESTAÇÕES

Armageddom em Madureira

Quando o telefone a lambeu, achou que era hora de tomar uma atitude. Três horas da manhã e nada de Edivaldo aparecer. A última ligação tinha sido às onze horas, enquanto Epifânia ainda a acompanhava, e ele avisou que o trânsito estava complicado, demoraria uns quarenta minutos para chegar, talvez mais. Depois disso, só caixa postal.

Na quinta vez que Marialva ligou, preocupada com a gritaria na rua, o pedaço de carne molhada saiu pelo bocal e deixou a trilha de baba no rosto. O vômito foi o que se esperaria de uma grávida de oito meses confrontada com uma improbabilidade indecente. A barriga apertada no macacão estilo jardineira e o soalho ficaram empapados com os restos mal digeridos do jantar. Um olhar atento reconheceria a galinha de cabidela, receita da mãe. O telefone convidava a uma nova tentativa.

Nem sinal da língua balouçante, mas Marialva não se sentia corajosa o suficiente. Foi pragmática e decidiu sair, ignorando a poça fedorenta no chão. Foi quando notou algo de errado com a geladeira.

No apartamento de dois cômodos, o aparelho, que não cabia na cozinha, ocupava um canto da sala. Era uma *frost free*, com um congelador amplo sobreposto ao corpo. Um dos poucos presentes da sogra que Marialva não questionava e que, de repente, ronronava como um carro velho prestes a ter um piripaque.

Marialva estancou, acompanhando o estremilique do refrigerador. Deu um passo atrás, o que foi uma sorte. Em desafio, o eletrodoméstico escancarou a porta superior, cuspindo cubos de gelo. Se pega, me arranca a cabeça, pensou Marialva. O ronco do aparelho aumentou o volume, e o chassi tremia como se fosse máquina de lavar.

Não era impressão, a geladeira estava se aproximando aos pulinhos, tentando se colocar entre Marialva e a saída. A barriga não permitia opções e a vontade de urinar incomodava, mas Marialva procurava circundar a caixa branca. Pensamento lógico: se um aparelho se recusa a desligar, puxe a tomada. Começou uma dança vagarosa e deselegante entre a barriguda e o eletrodoméstico, lutadores de sumô buscando um ponto fraco, um momento de distração. A cada passo, um arrastar. Um clique na porta principal da geladeira e Marialva distinguiu o som das compras do mês chacoalhando. De repente, um ovo escorregou e caiu perto do pé direito, não por acaso, próximo à tomada. Um recuo e mais um ganho de terreno para o refrigerador, que parecia crescer em direção à mulher. Como se já tivesse jogado xadrez na vida, Marialva optou por sacrificar uma peça, em prol de uma vantagem. Cedeu a posição. A caixa de leite, na beira da prateleira interna, estava pronta para ser arremessada em direção ao abdômen inchado, quando, aparentemente satisfeita, a antagonista branca cessou o avanço e desguarneceu o cabo que a ligava à parede. O pé ameaçado pelo ovo deu um salto à frente, enrolou-se no cabo e desconectou a tomada. Se não fosse impossível, Marialva juraria ter visto uma fagulha saltar da parede em direção à sua inimiga, mas isso seria tão irreal quanto o suspiro que o motor desligado parecia emitir.

Após o confronto, a mulher voltou a atenção para o barulho da rua. Já não eram gritou curtos, mas urros prolongados, entrecortados por pequenas explosões. Buzinas e roncos de motor faziam contraponto e pareceriam uma orquestra, se Marialva conhecesse alguma. Sem olhar pela janela, atracou-se à geladeira morta, desta vez para tirá-la do caminho e liberar a saída. O filho de Epifânia, Rogerinho, saberia o que estava acontecendo. O menino não desgrudava do computador, sabia tudo sobre essas coisas de disco voador e alma de outro mundo. Marialva pisou no corredor do quarto andar e percebeu que os doze passos até o apartamento de Epifânia seriam dolorosos.

O velho Euclides jazia deitado em frente ao 402, com uma pá de batedeira girando na órbita do olho direito. O 403, apartamento de Lurdes, estava fechado, mas ouvia-se o zunido de algo que Marialva identificou como o aparelho que, durante a festa de despedida de solteira, a vizinha apresentou como o único amante que jamais a traiu. Finalizando, pela fresta da porta do 404 escapava um filete de gás azulado com cheiro de peido. Por falar em cheiro, o líquido quente que escorria pelas pernas não melhorava a situação, mas, apesar de tudo, Marialva conseguiu chegar à porta de Epifânia. Contrariando o impulso de tocar a campainha, esmurrou a madeira, esfolando os dedos.

— Epifânia, sou eu, Marialva. Você está viva? — Dois segundos e nada se movia do outro lado. — Epifânia, Rogério, Rogerinho... tem alguém aí?

— Vá embora. — Era a voz de Epifânia. Calma, inalterada. Marialva não se rendeu.

— Abre, mulher, me deixa entrar. O Valdo ainda não chegou e o seu Clides está morto aqui no corredor. Aconteceu uma coisa esquisita com a geladeira lá de casa e não quero ficar sozinha. Estou com medo.

— Está tudo bem. Jesus há de amarrar. — Marialva conhecia essa frase da amiga. Toda vez que algum evento desagradável parecia fora de controle ou prestes a se transformar em algo fora do controle, Epifânia proferia o mantra. Marialva nunca entendeu muito bem como Jesus poderia amarrar qualquer coisa, já que não viu uma imagem sequer do Salvador munido de uma corda, e por isso sempre se lembrava de Tiradentes. Esse ao menos tinha uma corda. Estava no pescoço, era verdade, mas poderia amarrar o que bem entendesse. Desta vez, porém, não se tratava de um aumento do condomínio ou de um vazamento, mas de alguma coisa estranha. Nem Jesus, e muito menos Tiradentes, pareciam ser de valia contra geladeiras genocidas, batedeiras belicosas ou telefones tarados.

— Pelo amor de Deus, Epifânia, me ajude — Marialva chorava — Tem gente morta aqui!

— Presta atenção, menina, que só vou falar uma vez — a voz de Epifânia era doce, mas inflexível. Estava disposta a abrir a boca, não a porta

— O Rogerinho estava na internet quando tudo começou e ele recebeu uma mensagem explicando tudo direitinho. Uma mensagem lá de cima, entendeu? Parece que aconteceu uma coisa muito ruim, mas muito ruim mesmo. Aquele lugar do qual a gente não deve falar o nome está em polvorosa, compreende?

Epifânia continuou: — Disseram que houve um levante, algo muito sério, e lá em cima não estão conseguindo dar conta do recado. Os Portais do Paraíso foram arrombados e está tudo virando do avesso. Os danados estão transbordando, foi essa a palavra, e os mais fracos, que não conseguem atacar diretamente a casa do Altíssimo, estão vindo para cá, tomando conta de tudo que se move, mas não tem alma. Como diz o Rogerinho, estão tocando o terror, resolveram descer o bonde — pensando melhor, corrigiu-se — Não, estão subindo o bonde. Mas o pior não é isso, minha filha.

Marialva deixou-se cair sentada. As pernas tremiam.

— O pior — continuou Epifânia — é que esses são os menores, os burros. Existem os grandes Duques, que optaram por um ataque indireto, pela entrada dos fundos do Paraíso. Esses ainda não chegaram.

As lágrimas de Marialva misturaram-se ao vômito seco e à urina. Soluçando, cruzou os braços sobre os seios intumescidos. — Mas estão a caminho.

Um chute dentro da barriga. Forte, o danado.

— Ouça bem, meu amor, volte para casa e dê um jeito nisso, está compreendendo? — e a voz de Epifânia endureceu — Tranque essa porta agora.

Marialva tropeçou na perna do velho Clides antes de conseguir entrar em casa. O que escorria de dentro dela não era mais mijo. Na cozinha do apartamento, o fogão incendiário e o liquidificador bailarino não a impediram de pegar o facão de carne. Segurando o cabo com as duas mãos,

Marialva apontou a lâmina para a barriga e pensou que, se fosse rápida, não sentiria dor. Então, enquanto o gume abria caminho, percebeu que não havia mais barulho.

O Melhor dos Condenados

O bom jogador sabe quando deve apostar.

A aceleração de uma bala calibre 38 ao sair do cano vai do zero a 300 km/h em menos de um segundo.

O grande truque é esconder os sentimentos sob uma máscara gelada.

O impacto do projétil disparado a menos de dois metros do alvo pode atravessar a vítima, causando grave hemorragia interna e espalhando estilhaços de ossos por dentro do corpo, o que aumenta a probabilidade de infecção generalizada.

A graça está em levar um blefe até o fim, determinando o momento exato em que o adversário está fragilizado para desferir o golpe fatal.

O recuo de uma arma de fogo é violento, logo, se o usuário decidir realizar outro disparo, deverá manter a mão firme e apenas ajustar a mira para o objetivo subsequente.

É necessário deixar o outro jogador desamparado, sem pai nem mãe…

O atirador consciente sabe quanto deve gastar para atingir seu objetivo. Se duas balas podem resolver o problema, não faz sentido desperdiçar munição em alvos que não representam ameaça imediata. O melhor é guardar a arma e retirar-se o mais rápido possível da cena.

...e alimentar nele sentimentos simples e ambíguos como raiva e vingança.

Por outro lado, é importante precisar se o alvo está devidamente neutralizado antes da retirada. Ninguém quer ser atacado pelas costas por um animal ferido ou deixar escapar algo que possa querer cobrar uma dívida de sangue.

É como pescar. Você dá a linha ao peixe e deixa-o pensar que está seguro, que se safou com a comida.

Porque há casos documentados de caçadores profissionais que sofreram prejuízos enormes por deixarem um filhote vivo e, ao voltarem à floresta no ano seguinte, serem confrontados por um adulto raivoso e de boa memória.

Deixe-o alimentar o ódio, esquecer os prazeres da vida. Faça com que o amor morra lentamente, salgando o solo. Focalize seu pensamento na retribuição, na dor. Transforme-o em seu instrumento, seu chicote, a bota que pisa o rosto.

Certos predadores evoluem por causa do homem, desenvolvem sentidos especiais que permitem localizar o inimigo nos cenários mais inóspitos, transformam caçador em caça e devoram até os ossos.

Pendure-o em uma corda e manobre o corpo como uma marionete, punindo seus inimigos, mas pensando que o faz por vontade própria.

Alguns animais podem contagiar um ambiente, espalhando a dor, a raiva e a loucura por entre outras criaturas.

Faça com que todos sejam influenciados por sua raiva justificada. Utilize a aura da fera e potencialize seus adversários. Faça com que ele se torne a causa do que pretende exterminar, encurrale a presa, reverta o jogo, feche o círculo.

E, numa floresta tomada pelo medo e pela raiva, não há para onde fugir.

Então, quando estiver no centro da roda, algo simples, um descuido fatal, trará todo o butim, toda a recompensa de uma vez. Todos os inimigos, a sopa de ódios, a violência primordial, a insanidade concentrada será sugada. Todos morrerão ao mesmo tempo e o jogo estará ganho.

O caçador deve manter a calma mesmo nas situações menos propícias. O raciocínio nunca deve ser embotado pela emoção, mas focar a atenção como uma lâmina afiada. Sempre há uma saída. Sempre...

***

— Está vendo só? Ganhei. — disse o anticristo ao demônio amarelo.

— Não vejo como / A demência persiste. / Mas, para o Inferno, / O amargo pomo, / Precedência insiste.

— Péssima rima. Pedante e cacofônica.

— Que quereis? / Aqui é a danação! / Talento é negado / Aos que expiam. / Quanto aos reis, / Pior a situação. / Mas pecado sem par / É ver tempo dedicado / À erva daninha / De pouco significado. / Diferente da minha, / Sua parte no legado / Vai ter de esperar / A morte do condenado.

Um sorriso aflorou nos lábios do ouvinte, que espalhou sangue sobre a mesa. A imagem de um morcego surgiu na superfície úmida e de suas garras pendia um homem enlouquecido. As gargalhadas se confundiram com o bater das asas e ambos desapareceram enquanto o plasma enegrecia.

— Viu, amigo? — disse o filho da Besta enquanto limpava a mesa — Nem sempre é necessário manter uma alma em nossos domínios. Às vezes, o trabalho é melhor cumprido se deixamos os loucos tomando conta do sanatório, disseminando nossos mandamentos até o fim da vida, sem pressa. O melhor condenado é aquele que se julga inocente.

E, enquanto embaralhava, completou:

— Ele já tem a corda. Só nos resta esperar pelo enforcamento.

O demônio amarelo bufou enquanto analisava suas opções e estratégias. Teria de se esforçar para ganhar a próxima partida, mas tinha a impressão de que seria inútil. Naquele cassino todas as cartas já nasciam marcadas.

Mil Mães

Quando queimaram meu rosto eu pensava apenas em você. Nada neste mundo tem importância. A não ser rever você.

Todo ano, os gritos, as visões, o vapor e a risada em meio ao vermelho. Eu assisto.

Todo ano, mas não agora. Hoje as coisas estão diferentes. Este é todos os anos juntos, compactos.

Estou aqui outra vez, caminhando na corda bamba. O medo como amigo, no calabouço do castelo e enfrentando o abismo.

Por incrível que pareça, em nenhuma realidade você escapou a seu destino, cigana. Eu encaro o subsolo e vejo dezenas, centenas de você, todas queimando.

Tenho tempo para apenas uma lágrima.

Adentro o calor insuportável. A armadura me guarda, o dial do check-up interno aponta minha temperatura corpórea e o nível estável de óxido nítrico expelido pela respiração. Estou bem fisicamente, mas o corpo não é tudo. Aqui, o que está mais vulnerável é o intangível.

Esqueci quantas vezes caminhei por essa estrada, os pés afundando no lodo, as moléculas das solas endurecidas impedindo qualquer contato com a superfície poluída. Caminho pelas árvores lamurientas, suicidas, pelo rio de lágrimas. Pago meu óbolo ao barqueiro e atravesso a água salgada de sussurros, armas ao alcance da mão. Tenho uma agenda apertada e não posso me atrasar, o tempo parece louco, mas apenas está obedecendo a outros parâmetros. Se seguir as regras desta realidade, sua geografia e clima, alcançarei meu objetivo.

O mundo não é mais um só, mas o inferno sempre foi múltiplo, por isso pouca diferença faz o transtorno, a crise nas infinitas terras que assola a superfície. O homem é mero rato, sempre aflito com a segurança da toca. Aqui a toca é que aflige o homem. E a mulher. As mulheres. As mulheres erradas.

Minhas mães estão aqui e vou resgatá-las. Vim preparado, mas me surpreendo ao encarar o soberano em seu palácio, no centro do abismo. Ele não é apenas um, boca escancarada entre o sorriso e a cicatriz, mas dezenas. Todos falando ao mesmo tempo, encarnação do pandemônio com único propósito: não me deixar sair. Cada uma traz acorrentadas à cintura um sem-número de mulheres, todas iguais, dançando sobre o carvão.

Os monstros desafiam em suas várias formas, gritam meu nome como pilhéria,

mas além de soldado, também sou um rei.

Minhas mãos pensam por mim e a ciência dos homens entra em conflito com o arcano. Jatos de luz concentrada no reino do escuro, som alto e agudo demais até para tímpanos de couro, radiação que derrete o granito. Faço pontaria no mais próximo, ajustando a armadura para contração molecular, resistência máxima, desviando as cargas elétricas de minhas baterias para os disparadores manuais.

Descarrego simultaneamente a eletricidade e uma rajada da mini metralhadora presa a meu cinto. As balas explosivas recobertas com prata são um velho projeto das indústrias Reid, com quem fiz um acordo financeiro no ano passado já pensando neste momento. A figura vermelha, de chifres e língua bifurcada, é cortada ao meio ainda aos berros. As mulheres correm para meu lado enquanto recarrego minhas armas.

Uma das vinte baterias está inutilizada e ainda tenho uma infinidade de inimigos a derrubar. Minha conexão parietal baixa dados referentes aos círculos do inferno e seus lordes direto para meu cérebro, mas não tenho tempo para pensar, já que uma entidade cuja mandíbula abre em 180 graus como os tubarões brancos abocanha meu braço esquerdo na altura do cotovelo.

Tenciono os dedos e o crânio da fera desaparece numa nuvem de sangue, chovendo sobre as mulheres que dançam em torno de mim, atrapalhando os movimentos.

Um olhar para seus rostos me convence que não se trata de comemoração, mas de um espasmo.

Os gigantes caem um a um, chiados de carne chamuscada. Vou acumulando suas presas, tonto com as feições multiplicadas, todas iguais, todas diferentes. Não, distração é derrota... ainda há muitas gárgulas rimadores, entidades a derrubar.

Aciono um mapa dos círculos infernais em meu visor e calculo o caminho mais rápido em direção à saída. O inferno nada mais é que uma charada metafísica, e todos os labirintos têm solução se o caminhante se mantiver próximo a uma das paredes. Aos poucos, abandono o armamento, enquanto caminho em direção ao portal que me garantirá retorno. Atrás de mim, as mulheres choram, cantam, riem, enlevam meu espírito. Dão-me forças para ir em frente, derrubando os demônios.

O último inimigo se agiganta. Ao seu redor, minhas mães remanescentes gemem. Aquelas atrás de mim, ao contrário, aconselham a ir em frente, derrubar o monstro. Agora dependo apenas da armadura e acerto um murro entre a floresta de olhos da criatura.

Alguns globos se rompem, derramando uma substância viscosa sobre minha mão, mas as moléculas na superfície das manoplas, desenhadas para resistir a agentes tóxicos, impedem qualquer corrosão, transformando o ácido em cristais inofensivos.

Um sobre o outro, desferimos golpes poderosíssimos, devastadores. Perco parte de minha proteção e o computador de bordo entra em pane, mas aplico revezes ao adversário. Esmago o que parece ser uma laringe com os dedos em lâmina e escancaro a bocarra com as mãos até ouvir um estalo. Não é um empate, eu venço depois da queda da serpente. Mal acredito quando passo por cima da carcaça, esmagando com o pé forrado em aço o resto de seu orgulho. Nada existe entre o portal e minhas mil mães a não ser minha pessoa.

Sorrio depois de muitos anos. Eu sou Victor de novo, e não a máscara. E então, esquecendo antigas profecias, resolvo comemorar a vitória iminente com minhas genitoras de múltiplas terras.

Mas o que vejo por sobre meu ombro são mil cópias de mim mesmo. Todas no chão, despedaçadas, destroçadas, fumegantes. Feitas em pedaços por meu arsenal, por meu orgulho. Nenhum corpo gigante, nenhuma mulher, nada. Apenas eu, eu, eu... elevado à infinita potência.

O portal gerado pela matemática humana agoniza à minha frente, último brilho do

real, deixando-me sem opções. Atrás, no horizonte vermelho, duas esferas orbitam.

E gargalham.

Um pensamento me ocorre... se o inferno é múltiplo, este ano todo universo é um inferno. E apenas duas coisas são inquestionáveis em todos os mundos: o inferno existe, mas o pior demônio sou eu.

Salto em direção à luz ao mesmo tempo que outro homem, armadura e equipamento, passa por mim, vindo na direção contrária. O tempo infinito está do meu lado e o diabo ainda não enfrentou seu último destino.

Pai Nosso

Não sou um monstro, mas o resto do mundo é.

As placas brancas e afiadas em suas cavidades bucais atestam a agressividade latente da espécie dominante. As extremidades balouçantes nas pontas dos extensores são manipuladores delicados, mas fortes em sua ânsia de travar contato.

Não, não. Todos afastados ou serei obrigado a usar o desfibrilador! Os aparelhos de captação luminescente variam as cores, entre o azul, verde e alguma coisa que parece sangue seco, passando pelo preto chapado e por raros tons amarelados.

Olhos curiosos e lacrimejantes, com uma sutil camada líquida na superfície.

Dois. Que fixação em dualidade. Toda sua fisiologia é dual: auscultadores, orifícios respiradores, órgãos táteis e membros para locomoção. Não sei como não têm duas cabeças, mas vai ver o cérebro, dentro da caixa craniana, é duplo.

Aponto o tubo para frente e me dirijo de volta ao local de origem. Ao menos disso eu lembro. Se ao menos meu nome também voltasse...

— Vai parar com a palhaçada ou serei obrigado a apelar? — diz a criatura à minha frente, impedindo a passagem. De sua abertura bucal surgem ossinhos desalinhados.

Decido investir, mas tropeço e caio no chão, a arma voa num arco e acaba batendo nos pés do inimigo. Imediatamente, empunho um embaralhador neuronal e miro entre os olhos da coisa, apenas para ver o aparelho explodir sozinho em minhas mãos, chamuscando meus dedos.

— Companheiro, você está abusando da sorte. — Fala o aborto ambulante — Se continuar, vai acabar se machucando seriamente.

Notei que, enquanto já estou quase deitado no chão, graças ao peso de meu próprio corpo, subitamente ampliado, o monte de lixo sobre pernas não moveu um músculo.

Arranho o solo e luto para vencer a gravidade ainda pensando em avançar. Minhas mãos derrapam e bato com o queixo no chão, quebrando dois dentes. O estupor se limita a suspirar. Ou aquele som seria uma risada? Percebo que não sei diferenciar as expressões da criatura.

Procuro a faca de aço molibdênio que trago na perna esquerda e pressiono o botão que solta a lâmina. Ela emperra.

Empurro o mecanismo com força e, depois de um estalo, o punho da faca racha, ferindo a palma de minha mão direita. Agora não consigo segurar mais nada.

O estrume envolto em um andrajo cuja cor é indecifrável está de olhos fechados, aparentemente alheio à minha ridícula condição.

Tomo uma decisão enquanto me arrasto na sarjeta: vou matar esse nojento. Vou partir cada uma das costelas, arrancar o coração e mastigar na frente de seus olhos baços enquanto ainda estiver dando a última gargalhada — ou seja lá o que for.

A baba, minha baba, forma uma poça vermelha.

— Chega, rapaz, expulsa essa bosta de demônio antes que tua mulher apareça. Já vai ser uma merda explicar pra ela como você ficou desse jeito, ainda mais se chegar em casa com bafo de enxofre.

Tento ignorar o ruído da besta e luto para deslocar o corpo. O sangue que escorre não ajuda.

— Ah, caceta, não vai ajudar, né? Então, tá bom. Escuta aqui, seu demônio de quinta, se prepara porque eu vou chutar esse teu rabo até as portas da casa do teu pai, aquele corno.

O animal sacode as mãos, sussurra cânticos e sinto dores horríveis, calafrios que se transformam em convulsões. A visão turva e os tímpanos explodem enquanto sinto o solo ceder sob meu peso e o entorno se fechar sobre a cabeça.

O torvelinho é quente, úmido e tem cheiro de nostalgia. Fezes, urina e esperma.

Depois de muita dor e prazer, finalmente recordo: minha missão, meu alvo e minha falta. Mas é tarde.

Despenco de volta para casa.

O Lar de meu Pai tem muitas portas e estou diante da principal, aquela feita de ossos. Serei punido alegremente por minha amnésia induzida, mas ao menos voltei com um prêmio, a marca da voz do verme que pronunciou meu nome.

É verdade que nomes têm poder, mas até isso é uma faca de dois gumes.

Uma vez pronunciado, mesmo que com efeito de exorcismo, um elo indissolúvel se produz entre boca e ouvido, algo parecido com o resíduo psíquico eterno que existe entre amantes carnais. Assim como todo intercurso, também toda conexão interplanos ecoa para sempre.

Sou pequeno ainda, diante da vastidão dos domínios de meu Pai Eterno, mas tenho tempo. E agora, eu sei onde e quando o Rei da Escória Humana se encontra.

Eu e ele somos irmãos e eu gosto de família grandes.

Agora e na Hora de Nossa Morte

Ele voltou, isso era certo. O que não estava certo era todo o resto.

Os soldados romanos de joelhos, os pilos atravessando os corpos. Cabeças tombadas sobre as placas peitorais, sangue e baba se esvaindo de bocas deformadas pela surpresa.

A rocha à entrada da gruta partida ao meio, as metades separadas por cinquenta côvados. Sob uma delas Maria podia ver um braço e as pernas de uma pessoa. Pelas sandálias percebeu que não se tratava de um soldado.

Com as pernas tremendo, a mulher saiu de trás da folhagem rala e aproximou-se do cenário devastado. Tinha certeza do que acontecera, mas não do porquê. A corrente no pulso do homem esmagado revelara sua identidade.

Ninguém mais poderia trazer o pobre Lázaro de volta. Ele dá e Ele tira.

Mas a presença de Lázaro era mais um mistério. O que o ressurreto estaria fazendo ali, ao lado dos guardas da tumba do Mestre? Não importava neste momento. O principal era correr até a casa de Pedro e avisar aos outros, mesmo que fosse escorraçada. O líder dos apóstolos ainda não esquecera da ameaça velada que ela fizera ao lembrar-lhe da negação tríplice e não gostaria de ver sua posição questionada neste momento delicado.

Era um risco? Sem dúvida, porém não pior dos que correra por toda a vida. Já escapara de apedrejamentos antes e qualquer coisa seria preferível do que continuar naquele local.

Antes de sair, porém, procurou por rastros. Não tardou a encontrar pedaço do manto que Verônica depositou sobre o rosto Dele pendurados em ramos de espinheiros. As manchas de sangue não estavam secas o suficiente para que fossem resíduos do profeta crucificado, alguém mais sangrou.

Maria decidiu o que fazer. Depois de duas horas, decidiu o rumo que deveria tomar. Antes de qualquer coisa, tinha de comunicar a nova morte de Lázaro aos parentes e procurar saber algo mais a respeito do acontecimento. As estradas precárias, bem diferentes das que trilhara em sua vida pregressa, antes de ser resgatada pelas palavras do Mestre, machucaram os pés que já foram considerados belos e delicados. Apesar das calosidades e dos artelhos embrutecidos, o cascalho e a areia grossa abriam feridas que demorariam para sarar. O tempo de milagres curativos havia passado. Os que despontavam pareciam de outra natureza.

O olfato antecipou a visão. Se Maria não tivesse passado toda a vida na Galileia, saberia identificar o ozônio depois de uma tempestade de raios. Infelizmente, essa experiência não constava de seu vasto cabedal. A casa de Lázaro não existia mais. Em seu lugar havia um negrume, um buraco, uma fenda brilhante. Maria não sabia como definir. Jamais acharia concebível uma cratera de vidro negro, não tinha vocabulário para expressar o conceito.

O círculo de trezentas jardas estava coroado por seixos calcinados, derretidos, cujas formas antinaturais pareciam um rascunho, um anteprojeto das fossas decaídas. Ignorando a dor nos pés, Maria deu as costas ao cemitério de cristal e correu até que a sede a fez diminuir o ritmo. Imaginou que a ida de Lázaro ao túmulo do Nazareno, e o que testemunhou lá, selou o destino de sua família.

A culpa de tudo, ela intuía, era de Judas. Só podia ser. Do alto da árvore em que forjou o suicídio, alguma feitiçaria aquele demônio havia de ter conjurado. Se boa parte do mundo era ilusão, de acordo com os ensinamentos do Mestre, então as chances de Maria estar sob a influência de um sortilégio era grande, pois não haveria outra explicação para o medo que sentia. Pavor de tudo que o Mestre ensinou, de tudo que remetesse à vida no Reino dos Céus, ao destino dos justos, do camelo e da agulha, dos pães e peixes. Tudo isso soava como material de pesadelos, não de salvação. E esse medo não podia ser real. Havia de ser um teste, como aquele pelo qual passou o Mestre no deserto, tentado pelo anjo caído. Só podia ser.

Infundiu-se de coragem renovada e, em súbita lucidez, tomou o caminho da residência de Pedro. Talvez o que Lázaro intuiu também tivesse ocorrido a algum dos escolhidos.

Suja, cansada e ferida pela travessia, Maria vislumbrou a casa, antes uma cabana, agora a semente da Obra. Dez metros antes da soleira, Tomé montava guarda. Para sempre. Suas feições eternizadas em mármore, olhavam num misto de descrença e espanto para um ponto acima da cabeça de Maria. A superfície branca, polida pelo cinzel de um escultor perfeccionista, queimava os dedos.

As paredes estavam de pé, mas todos os outros apóstolos do Senhor, os Portadores da Palavra, capazes eles próprios de milagres de ressurreição, estavam irremediavelmente mortos. Ou pior, vivos em casamatas de minério que imitavam seus corpos. João brilhava como ouro, Thiago refulgia prateado, o bronze era o casulo de Mateus, e a sequência assustadora culminava em Pedro, fixo em granito.

Maria chorava sem perceber. Sabia das reticências do Primeiro entre os Apóstolos a seu respeito, mas admirava a honestidade com a qual assumia e expiava seus pecados, que não eram poucos. Não era um final justo para os Seguidores. Olhando em torno, Maria quase conseguia reconstituir os fatos. A chegada interceptada por Tomé, a reação dos outros, primeiro com assombro, depois revolta, depois horror. O Julgamento inflexível e atípico caindo como as pragas do Egito sobre as cabeças mais fiéis. Lentamente o medo de Maria cedeu às outras emoções, e entre elas não constava a Piedade.

De repente, os pés não doíam mais e, um rasgo de atrevimento, Maria apossou-se do cajado que Pedro usava para apoiar-se em caminhadas extenuantes. Se o que estava testemunhando até aquele momento era a Mão do Mestre, então talvez fosse hora de ele confrontar algo diferente de caras de espanto e descrença. Jamais algum apóstolo foi tão fiel quanto ela. Jamais alguém se importou tanto com o Salvador. Jamais ninguém acreditou tanto. Era o momento de tomar a palavra e dizer uma ou duas coisas, talvez atirar uma ou duas pedras. Os dedos fecharam em torno da madeira até os ossos estalarem.

***

Se Aquilo era O Caminho, precisava de novo calçamento.

Afinal, se todos os caminhos levam a Roma, por que aquele seria diferente? Maria acertou no primeiro palpite, aquele que matou a família de Lázaro e eliminou os apóstolos estava a caminho do palácio imperial.

Pés enfaixados, a mulher caminhava pela Via Áppia com dificuldade. Quem olhasse diretamente para seu rosto hoje, poderia pressentir um eco da beleza que um dia foi seu ganha-pão e hoje servia de base para a um semblante duro, seco, desesperançado, mas ungido com o óleo de uma paixão deicida.

Encontrou o que procurava à beira de uma fogueira, na quinta noite de sua peregrinação. Um animal indefinível tostava em fogo baixo. O rosto imerso em sombras escondia o olho restante, aquele que não foi perfurado por espinhos, de um azul sem paralelos neste mundo.

— Por que carne, Mestre?

— Queria que eu comesse peixes no deserto, Maria? Estou numa fase de economia de milagres.

— Não, queria que jejuasse, como me ensinou.

— Neste mundo, aprendi muito mais do que ensinei. Mas seu problema, creio, não é comigo.

— Vai culpar o Pai outra vez? Não cansa disso?

— Mas é óbvio. O Pai clamou pelo passamento de diversos heróis. Inclusive eu mesmo. Já morri antes. Não é ruim, nem bom. A Morte é o que É.

— Com isso o Senhor quer me convencer de que é uma divindade, mesmo depois de tudo que presenciei nesta caminhada? Todas as mortes, os sacrifícios? Por que Lázaro teve de morrer? E Pedro? E todos os outros? — O rosto do Interlocutor voltou às sombras.

— Isso foi só o começo do Caminho, Maria. Estou limpando os restos de meu erro, arrumando a casa para o Novo Mundo que virá. Lázaro, Pedro e os outros foram avisados em sonhos.

— A promessa de Novo Mundo está parecida com o Velho. O objetivo final será Roma, pelo visto. — Sim, é lá que a Semente deve ser plantada. E regada com fogo.

— Para ser sincera, preferia quando suas metáforas comparavam as roupas de Salomão aos lírios. As de agora soam pouco criativas.

— Talvez minhas falas estejam sendo ditadas por um rapsodo menos talentoso. Mas isso não muda os fatos. Eu estava errado e o Reino da Verdade será estabelecido. Os lábios de Maria, ressecados, contraíram-se num sorriso.

— Qual verdade, Mestre? As de Moisés ainda estão valendo? — O olho único brilhou desconfiado.

— Sem dúvida.

— Então talvez devêssemos rever as regras, não? Afinal, "não cobiçarás a mulher do próximo" deveria ser um dos mandamentos e, até onde sei, o Mestre nasceu de uma mulher...mas teve dois pais.

— Está questionando a Vontade? É exatamente por atitudes assim que as coisas devem mudar.

Aquela era a Palavra do Deus dos fariseus, de Abraão e Davi, cheio de ódio e desejo de vingança. Não que Roma merecesse perdão ou algum tipo de defesa, mas a fúria ardia como a sarça no coração de Maria. O bastão atingiu o Rosto e acrescentou um traço vermelho à teia de ferimentos que cobriam o corpo ressurrecto.

— Esse não deveria ser o Caminho, Mestre. Voltamos então aos tempos dos genocídios e aos sacrifícios de primogênitos?

O sangue do cordeiro manchou a terra. As Chagas se abriram e pareciam querer afogar o mundo. Maria não retrocedeu. Aferrou o cajado e dobrou-se à força que emanava do Filho, mas não caiu, mesmo quando o chão tremeu.

— Eu deveria ter sido o último sacrifício, o cordeiro definitivo. Há que se quebrar algumas regras para chegar-se ao Fim. O meu é o Deus do Amor, mas mesmo o Pai se cansa de amar sem reciprocidade.

— Qualquer amor, principalmente o dos pais pelos filhos, deveria ser incondicional como o meu é por você, Mestre. Porém, amar não significa cegar-se aos defeitos. Às vezes o Amor tem de ser duro.

O bastão cortou o ar e atingiu o homem diversas vezes. Aquela mulher fraca parecia um varão na flor da idade. Seus golpes marcavam, provocando gemidos. O dilúvio de sangue desapareceu e o Filho caiu de joelhos.

— Não adianta, mulher. Mesmo que não seja eu o arauto, a Vontade será feita.

Maria cessou o ataque contínuo e reassumiu a postura encurvada de uma mulher doente.

— Que seja. Participar do fim de tudo é preferível a testemunhar a falência da Fé. Mas é importante que eu saiba, Mestre, se é Seu coração que está envolvido nisso, ou se é apenas uma versão torpe de amor filial.

E então, antes de calcinar a terra, o único olho do Filho verteu uma lágrima, e ali estava o resumo de todas as dores, de tudo que jamais seria, das fantasias de um futuro livre do pecado.

Roma caiu em sete dias. Outros impérios longínquos tiveram o mesmo destino, quase ao mesmo tempo. O Julgamento veio em seguida, com vivos e mortos disputando os favores e as benesses distribuídas por anjos desinteressados. No Palácio Celestial, inexpressivo, o Pai proclamava sentenças aleatórias enquanto o Filho e a Pomba, mudos, pensavam que talvez fosse o momento de começarem a traçar Outros Planos.

Oferenda aos Deuses D'Antanho

No futuro, depois que o fogo de um sol negro consumir a última ossada e meus resmungos não passarem de sussurros anteouvidos pelas amebas reduzidas a pó, ainda restarão duas coisas: o refrão das canções entoadas pelos seguidores de Emilene e a lembrança do horror.

É impossível antever o que acontecerá, os desdobramentos de eventos iniciados com o desembarque de Emilene Matoso no aeroporto Santos Dumont, em 1943, e todas as mortes encadeadas que hão de manchar por completo a Baía de Guanabara com uma nódoa irremovível.

— Ih, que conversa é essa, toda adjetivada, Rafael? Fala direito, rapaz. Soa como uma versão mal ajambrada de Allan Poe, coisa mais esquisita. Nem parece você.

Não tenho pregado os olhos há meses. Não sou mais eu desde os dias ominosos de minha desventura, quando o futuro se desfraldou em um sonho de calor causticante. Acredito que tenha sido um sonho premonitório, daqueles que nos desanimam pelo resto da existência. E por desventura me refiro a tentar compreender a confusão que, acredito, nos arriscamos a enfrentar nesta terra quente e desesperançada.

— Olha, se é alguma pilhéria, lhe falta ritmo e consistência. Isso para não falar na graça. Humor, meu amigo, não é um de seus predicados.

A não ser, claro, que nos permitisse um ou outro gracejo tendo por alvo teu semblante cadavérico. Aí, sim, teria alguma graça. Pequena, mas ainda assim há quem cultive esse tipo de comédia. Não este teu amigo, veja bem, não eu…

Tentarei explicar os motivos de minha desdita elencando os motivos que fizeram a maior cantora do Brasil, a única artista do país a se tornar um ícone internacional imorredouro, a plantar as raízes do fim de tudo em plagas cariocas. Ela enfrentou o desgosto do populacho assim que pisou em solo pátrio, acusada de abandonar suas raízes musicais e colocar seus trejeitos e trinados a soldo de outras nações, a serviço de Mestres inomináveis e inimagináveis. Nossas mentes, acredite, são por demais pequenas diante de tamanhas criaturas.

— Espera, deixa que eu molhe a garganta, pois o tópico é deveras arenoso. Garçom! Ô, garçom! Por favor, me veja outra média. Mas que não seja requentada, hein? Duas, aliás, que o meu amigo aqui está precisando forrar o bucho. Que palhaçada é essa, Rafael? Está falando da Emilene? Não é como eu lembro das coisas.

A memória é uma rameira, infiel e volúvel, mas posso afirmar com certeza que, mesmo sem consciência, Emilene compactuou com forças aracnas naquele momento.

— Forças aracnas? Você quer dizer forças arcanas, não? Não vejo como uma aranha se encaixa nessa história.

Refiro-me à teia emaranhada proveniente das entranhas do monstro multípoda enovelado no coração da mulher. O ódio à repulsa, o medo ao oblívio. Um discurso gaguejado em que jurava amor eterno ao Brasil, ao samba e ao sol do Rio de Janeiro. Sol esse que logo se mostrou insalubre, forçando—a desfilar encoberta e com óculos escuros cujas lentes grossas deformavam o rosto e pareciam espelhos refletindo uma realidade escurecida e acobreada.

— Insalubre está esta pocilga. Diabo de mosquitos, já me sugaram meio litro de sangue das pernas. Ô, garçom, faça o favor de me trazer um cigarro, sim? Faça o favor, vá! Tomara que a fumaça ajude a espantar esses demônios que, de tão grandes, mais parecem lesmas com asas, coisas descabidas. Tentei matar um com um tapa agora há pouco e o desgraçado só faltou rir da minha cara, saiu por aí, fagueiro, como se nada tivesse acontecido, lustroso e pesado, cheio de sangue no bucho, meu sangue que tanto me custa sustentar.

Se ao menos fossem apenas os mosquitos.

— Diga, amigo, tu que és um homem viajado, já viste insetos dessa envergadura? Mais parecem crias do inferno, alguma garatuja do Jerônimo Bosch, talvez, que despontaram de algum bueiro aberto, com esse zumbido tonitruante nos ouvidos da gente incauta. Mas, sim, concordo que essa esquisitice de passear pelas ruas de Copacabana com casaco de peles em pleno calor de quase quarenta graus é coisa de quem tem um parafuso frouxo na cachola.

A insanidade se instalou na mente já mais para lá do que para cá de Emilene. Ela não passava de uma mulher de gostos simples e ambições rasas que, num momento de conjunção inesperada de situações imprevistas, foi catapultada à condição de ícone da cultura popular em um mundo tomado por um conflito jamais visto.

Seu personagem criado nos cassinos do Rio de Janeiro e abraçado por Hollywood tornou-se símbolo do Brasil e um oásis para as tensões das trincheiras. Chegou a ser uma das mulheres mais bem pagas do planeta. Não estava pronta para uma escalada tão radical em tão curto espaço de tempo. E muito menos para o desafeto de seu público cativo, aquele que tanto lhe havia custado conquistar desde a mocidade.

— É, se não me engano, ela trabalhava naquela fábrica de tecidos, cujo apito feria os ouvidos de toda a gente. Lembro do gerente de lá, um sujeito impertinente que vivia aos gritos com as moças. Um dia foi descoberta por um daqueles olheiros de estúdios americanos e lá foi a Emilene para os braços da estátua da liberdade. *Bye—bye Mary, hello Johnny.*

Parece que buscou o conforto nos terreiros de candomblé, fazendo despachos para as divindades cujos nomes jamais consegui pronunciar a contento. Dizem que o pai de santo que a apadrinhou enriqueceu em um ano. Convenhamos que em época de vacas magras, uma cliente como Emilene era uma oportunidade única, mas ao que parece havia outras forças, inteligências acima das nossas, acompanhando os acontecimentos.

Depois de uma sessão que durou mais de duas horas, o sacerdote encomendou uma oferenda — um "trabalho", como se costuma dizer — que teoricamente afastaria maus olhados, limparia os caminhos e atrairia para ela o amor incondicional de todos. O trabalho consistia em uma lauta refeição acompanhada por um sacrifício. Geralmente, nas oferendas o animal sacrificado não passa de um galináceo, mas nesse caso, as coisas fugiram do convencional. O maior diferencial, porém, era a entidade a quem se destinaria o sacrifício.

— Essas coisas me dão nos nervos. Imagine, matar uma galinha inocente para poder falar com um espírito de porco. Tomara que inventem um telefone que tenha ligação direta com o além, aí você vai lá, liga pelo menos uma vez para um número ao gosto do freguês e pronto. O problema depois seria como pagar a conta.

Em lugar dos exus e caboclos de sempre, o tal pai de santo aconselhou uma oferenda a uns tais deuses antigos, sobre os quais pouco detalhou. As minúcias vieram no preparo das iguarias, o que exigiu cuidados inusitados. O prato principal, por exemplo, era alguma coisa envolvendo lulas e lagostas, petisco oneroso. Mas o ritual não estaria completo sem...

— Cachaça! Esses macumbeiros não vivem sem cachaça. Falando nisso, ô seu garçom, traga depressa outro cafezinho que este aqui já esfriou.

O sacrifício de uma besta de grandes proporções. Para tal foi selecionado um bode que deveria ser levado ao terreiro para o abate. O sangue serviria para banhar Emilene, que, como em um batismo às avessas, deveria inserir a cabeça nas entranhas da criatura recitando um cântico em louvor aos deuses d'antanho.

Logo os efeitos se puderam sentir, pois, gotejando sobre o solo de terra batida, Emilene sentiu algo se revirando nas entranhas, um verdadeiro terremoto no bucho, mas nada que expressasse um desejo irrefreável de se reapresentar às vistas da audiência. Estava mais para um adequar interior de futuros dejetos. Botou os proverbiais bofes para fora ali mesmo, na frente de toda a congregação — se é que podemos chamar assim a reunião de tais pessoas — e, depois disso, tudo deteriorou.

— É... certas coisas não são fáceis de esquecer. Imagina o mau cheiro. Isso impregna na memória da gente. Tem um conhecido meu que contou um caso engraçado: uma vez encontrou pela primeira vez uma moça linda, um pedaço de mau caminho daqueles que a gente se deita sobre a poça para que ela desfile, mas aconteceu da pequena estar próxima a um bueiro aberto — segunda vez que cito bueiros abertos nesta conversa, isso não é normal — Mas não deu outra, o meu amigo nunca mais conseguiu dissociar a visão do mau cheiro. Toda vez que encontrava a dona, era batata, lá vinha a lembrança do fedor assombrar os outros sentidos e ele não conseguia sequer trocar um "bom dia". Ficou písico, o pobrezinho infeliz. Não sei e não tenho vontade de descobrir se a coisa funciona sempre assim, mas acredito que seja possível. Talvez todos os nossos sentidos estejam em comunhão com a memória e, juntos, comandam a sanidade, para o bem ou para o mal, vai saber.

As consequências imediatas do furor orgânico de Emilene foram devastadoras. Enquanto todos tentavam ajudá-la em sua dificuldade, provocando ainda mais vergonha, a cantora envolta em aura fétida expeliu uma segunda onda, dessa vez uma bile vulcânica, pasta verde e venenosa, que queimou quem estava próximo.

Com as mãos fumegantes e vociferando em altos brados, cada um dos presentes buscou socorro e alívio em potes de água ou torneiras próximas, visando apaziguar o ardor, mas foram descontrolados, esbarrando em outros que não haviam sido maculados pela onda nauseabunda e corrosiva.

Foi assim que a chaga ardente se expandiu, consumindo a todos em minutos, entre gritos lancinantes e cheiro de carne viva incinerada. Emilene, porém, não parecia afetada pelo próprio regurgitar cáustico, permanecendo dobrada, em dores, olhos arregalados e boca aberta em esgar gotejante. O chão ao redor, calcinado pelo ácido, espumava e continuava o processo de corrosão, abrindo sulcos no granito que se acreditava impenetrável. Era como um pequeno terremoto.

— A dona estava condenada pelo Tinhoso, certo? Não tem explicação científica para essas coisas. Não há doutor, sábio ou filósofo que desenlace essa maçada, que deslinde um enigma dessa natureza, se é que podemos usar "natureza" como um termo apropriado nesses casos. Tudo parece tão sobrenatural.

O pior é que há uma explicação, mas não estamos equipados sensorialmente para compreender. Imagine um cubo apoiado por apenas um de seus seis lados sobre uma superfície horizontal. Quem vive apenas nessa superfície, sem condições de erguer o olhar em perspectiva, perceberá apenas a área do cubo que está em contato com o plano, sem notar a magnitude de todo o resto.

Nós, com a percepção limitada a três dimensões e um arremedo de dispositivo sensorial que emula perspectiva e profundidade — nossos olhos em paralelo na face — somos como cegos para a Realidade absoluta.

Mas alguns seres, talvez os tais Antigos, esses sim, conseguem açambarcar o Real em plenitude, pois são multidimensionais e registram o Universo como um todo. Imagine o aparato sensorial dessas criaturas... o que me faz pensar, nossos sentidos falhos nos cedem impressões aproximadas do entorno, correto? Tais entidades registrariam cercanias além daquelas percebidas, mas mesmo elas não seriam também enganadas por seus milhões de "olhos"? Se somos enganados por parcos aparelhos biológicos, não seriam eles também vítimas de engodos sensoriais? Quanto mais ferramentas, maiores os enganos? Mas divago.

— E como divaga! Mas acho que entendi seu palavrório. Quer dizer que seria possível que eles estejam aqui entre nós e não os percebêssemos? Enxergaríamos apenas os efeitos de suas ações, as consequências de suas diatribes? Para nós, seria como se alguém invisível mexesse um objeto ou como se a coisa em questão se movesse sozinha, é isso?

Exatamente. Apenas registraríamos as consequências das ações, não a ação em si. E, caso percebêssemos, ainda assim estaríamos como cegos em um campo de batalha, sem saber o que fazer para impedir a sucessão dos eventos ou catástrofes decorrentes de tais atitudes.

O maior dos pesadelos, entenda, não é sermos invadidos por forças externas, mas já termos sido invadidos, conquistados e escravizados sem sequer termos percebido o processo. Foi isso que Emilene conseguiu depreender, dentro de suas possibilidades, de acordo com os relatos de seus delírios. Ela não tinha vocabulário ou repertório — sim, é irônico falar em falta de repertório para uma cantora de tamanho talento, mas no caso o repertório seria cultural, não artístico — para expressar tais ideias, mas o conceito está todo lá para quem souber ler.

— E onde estão esses diários? Espero que não de posse dos fanáticos ou coisa que o valha. Só nos faltava essa, uma nova vertente de maníacos, como aqueles idiotas que se vestiam de verde lá no Sul, tomando para si um material desses. Deus sabe o que poderiam aprontar.

Olha pelo que me consta, não creio que Deus tenha muita opinião nesses casos. Quanto aos escritos, não passam de canções, aquelas que foram difundidas pelo rádio por todo o Brasil. Se entoadas em determinada ordem, em sequência preestabelecida, pelo que afirmam, tais melodias abrirão as mentes da população para tudo que está escondido.

Os olhos enxergarão os Antigos em toda a glória e os mundos se mesclarão em unidade. É claro que, em consequência, o choque deve enlouquecer a todos e Deus sabe quais ocorrências virão em seguida. Há quem afirme que a temperatura subirá de tal maneira que o próprio ar se tornará cáustico, incinerando os pulmões dos viventes. A terra calcinada será a herança dos poucos que restarem, sobrevivendo em um ambiente de dor e fúria.

— Que beleza de cenário. Primeiro a união dos povos, depois a clarividência, para logo em seguida, o horror carbonizar a maioria. Tudo isso por causa do rádio. Sempre desconfiei que a tecnologia e a modernidade, com todos os seus exageros, ainda nos levariam à ruína.

Devemos agradecer por não termos aparelhos que difundem imagens. Imagine que terror incomensurável nos acometeria caso a visão dessas criaturas antigas, com seus semblantes indescritíveis, assombrassem nossas retinas simultaneamente?

Seríamos oferendas para os deuses d'antanho? Será que os desgraçados dos Antigos nos dariam a chance de vislumbrar a Glória antes do oblívio? Veríamos o Palácio Celeste, a Cidade Prateada ou seja lá como chamam a Casa do Senhor nestes dias hipócritas antes de queimarmos como mariposas apaixonadas beijando a lamparina?

Se bem que isso faz a gente questionar a existência de um Senhor diante de coisas assim. Será que há uma Bondade tão imensa que compense tamanho fel? Se há tanto Mal no universo, não seria essa a Lei, afinal de contas? Haverá balança, equilíbrio ou, ao menos, dois lados? Não será tudo uma coisa só?

— Honestamente, no que me diz respeito, dá na mesma. Livrai-me de morrer torrado, Senhor, seja pelas mãos de quem for. Gente ruim, gente cruel e ignorante. Ô, garçom, por favor, veja mais uma branquinha aqui, pois a história do meu amigo me deixou apavorado e preciso nublar os sentidos, principalmente o paladar. Aproveita e desliga o rádio, pelo amor do Altíssimo. A partir de hoje, aboli essa coisa do demo de minha vida. Chega de melodia saindo por uma caixa preta cheia de válvulas. Música, só ao vivo. Mas falando em vivo, a finada Emilene foi ao encontro de seus antepassados nessa mesma ocasião, não é mesmo? Ou o incêndio do Cassino da Urca tem alguma coisa a ver com isso? Ninguém entendeu aquilo a contento. Nenhum jornal foi claro o suficiente para explicar o que aconteceu, nem se sabe ao certo se ela morreu mesmo.

Não, você pode não ter lido nos jornais, já que a censura sobre todos esses fatos foi por demais criteriosa, mas o que ocorreu a seguir é público e notório. Todo mundo sabe que Emilene sobreviveu à primeira chacina, mas apenas para empreender um périplo de fogo e fumo por todos os pontos de destaque de sua vida pretérita. Visitou a fábrica na qual trabalhou e dizem que o tal gerente impertinente foi o primeiro a tombar calcinado até os cabelos, de dentro para fora. O prédio ficou de pé, mas está preto como se as chamas o tivessem lambido até o teto. Por sorte, o apito já tinha tocado e não havia mais nenhuma trabalhadora por lá. Na sequência, foi a vez do Cassino, que, esse sim, quase desabou, não recordas?

— Sim! O fim do Cassino foi documentado em todos os vespertinos! Lembro do editorial de A Noite falar muito a respeito, mas como não costumo frequentar tais locais, fiquei sem saber dos detalhes. Detesto jogatina, bem sabes.

Ouvi dizer sobre tuas críticas ao prazer alheio, como se vícios fossem características que tua personalidade impermeável não acolhesse. Mas permita-me retornar ao caso em questão.

Aquilo foi um desastre completo, entretanto, por estranho que pareça, houve pouquíssimas casualidades. Dois músicos e dois membros da equipe de segurança, apenas, mas carbonizados até os ossos. Sabe aquele palco todo cheio de traquitanas que subia e descia ao comando de um tipo de ascensorista, como um elevador de edifício do Centro? Aquele que, graças a um mecanismo de engenharia, era capaz de manter duas apresentações ao mesmo tempo? Então... veio tudo abaixo como um castelo de areia à beira d'água, só que, nesse caso, em lugar do líquido, foi o fogo a destruir as pretensões dos homens em perpetrar milagres.

— Desse jeito, se formos seguir a ordem dos eventos, o próximo destino seria a Rádio Nacional, não é? Afinal, foi lá onde ela começou a carreira de sucesso. Mas, espera um pouco... ô, garçom! Cadê minha branquinha, rapaz? Vais atender ao meu pedido ou estás com câimbra? Vou te contar, o serviço neste estabelecimento já foi melhor.

Garçons, ascensoristas, motorneiros de bonde... talvez sejam uma estirpe à parte da nossa, com lógicas e códigos comportamentais próprios. Uma sociedade secreta que segue regras diferentes, com juízes, sacerdotes e oficiais próprios. O que vemos seria a ponta de um imenso iceberg, como aquele que afundou o Titanic. E talvez um dia tomem o poder. Já pensei nisso algumas vezes.

— O estrupício está de costas, congelado como um pinguim de geladeira. Já reparastes que sempre há um momento em um bar, quando queres atenção de alguém e não há vivalma disponível? É sempre assim. Parece que obedecem a um aviso e todos os malditos garçons viram de costas ao mesmo tempo, como que para não ver. Se esse desaforado de olho esbugalhado não me atender neste minuto, cometo um desatino e parto às vias de fato. Mas continua, vá! Segue a história, que está por demais rica em detalhes escalafobéticos para que me deixes à míngua.

Dizem que ela sumiu, porém, apesar disso, a profecia fora cumprida. Parece que surgiu um tipo de culto em torno da figura de Emilene, como se tivesse alçado o patamar de santa ou algo parecido. Coisa de fanáticos descabeçados, gente que odeia os terreiros de umbanda e o candomblé, que os considera profanos ou coisa do demo. Por esse motivo relacionaram os incêndios com a "Ira Divina" e Emilene tornou-se mártir de um novo tipo de movimento metido a católico, mas que de cristão tinha nada. É um culto radical e violento, que visa purgar os pecados da humanidade com chamas.

— Sei como essa gente pensa, queimar antros de vício e pecado... e eles incluem terreiros e cassinos nessa bagunça, não? Queimar o Palácio do Catete ninguém quer. Ô, garçom! Mas que diabo, homem! Terei de ir até aí pegar a garrafa de aguardente? E abaixa esse rádio, diabo, que ninguém aguenta essa arenga insuportável a essa altura. O rádio está mal sintonizado? É uma zoeira ininteligível, coisa de gente doida! E o calor?

Será que ninguém dá um jeito nessa temperatura? Não há ventilação que dê jeito. E aqueles aparelhos importados, cheios de pás giratórias, não deveriam estar instalados nesta casa de tolerância que mais se assemelha a uma sucursal da casa do Demo? Parece que o salão é um forno que alguém esqueceu aberto. Os malditos ventiladores estão quebrados, será?

É a temperatura do futuro, melhor já ir se acostumando, acredite. É o termômetro de tempos terríveis.

— Se falares mais uma aliteração dessas perco o que me resta de paciência. Maldito garçom que nunca vira para cá. Já reparou que há algum tempo ninguém vem à nossa mesa, nem para passar um pano ensebado sequer? Não falei? Olha lá! Todos de costas, veja se é possível esse absurdo! Mas continua falando, o que mais está acontecendo? Essa loucura não tem fim?

Agora, a razão de meu desespero, amigo: soube há pouco tempo, minutos antes de vir ao bar encontrá-lo, que o céu ficou vermelho pelas bandas de Campo Grande e Santa Cruz. Parece que foi efeito dos incêndios em centros de umbanda e casas de licenciosidade, como se tratasse de coisas assemelhadas, veja lá. Não se sabe o número de mortos, mas parece que a coisa foi feia. Existe até quem afirme que as forças armadas foram à região tirar satisfações, mas acabaram, por algum sortilégio inesperado, mudando de lado na contenda e somando forças aos revoltosos. Se isso for a expressão da verdade, temo pelo que poderá acontecer cá por estas bandas quando esses ventos de violência descerebrada mudarem de rumo.

— Nah, tu conheces alguém em Campo Grande? Não, não é verdade? E sabes o motivo? É que aquilo lá é terra de ninguém! Não faz a menor diferença se as pessoas morrem aos borbotões por aquelas bandas, pois o povo que lá reside soa irrelevante para o Centro desta cidade de São Sebastião do Rio de Janeiro.

As pessoas são mananciais. São fontes inesgotáveis de sonhos, fantasias, mentiras e crenças, tudo isso carregado de energia, de um tipo de força motriz.

— Que força motriz, o quê! Rafael, quero ver se os milicos, mesmo com toda a petulância que lhes é peculiar, vão se atrever a fazer algo desse naipe por aqui pelo Centro da Cidade. Imagine esses boçais tomando tais liberdades na Rua do Ouvidor ou na Assembleia. A jiripoca vai piar se tentarem algo parecido. Deve ser balela, mentiras de desocupados...

As mentiras são nosso combustível, meu amigo, desde a aurora da humanidade. Perceba: homens mais letrados que nós dois já propuseram que, muito provavelmente, a civilização evoluiu e desenvolveu a linguagem a partir da maledicência.

— Ah, mas disso eu jamais duvidaria, porém, permita-me acrescentar nossas caras metades nessa celeuma, pois se nós falamos mal da vida alheia, nossas digníssimas esposas também professam essa que talvez seja a mais antiga das atividades. Veja, nas antigas comunidades a comida deveria ser pouca para tantos.

Falho em perceber a metáfora...

— Calma, acompanhe meu raciocínio: sobreviver a cada dia deveria ser um milagre. A solução seria até simples: um veneno aqui e ali, uma morte eventual, uma expulsão da tribo, provavelmente garantiria um dia a mais de comida. E venenos têm diversas formas, não é? Por que não envenenar as pessoas umas contra as outras? Consigo divisar um cenário parecido com esse. Doentio, é verdade, mas prático, no final das contas. Nascemos detestando uns aos outros e assim prosperamos, criamos famílias que se odeiam, como podemos comprovar em todas as festas de fim de ano. Se pudéssemos, eliminaríamos a concorrência para ficar com um pedaço maior do peru de Natal. E isso porque ainda não adentrei nas questões do amor... será que existe mesmo o tão propalado tema favorito dos românticos? Será que não é apenas desejo e posse? Será que Werther não queria apenas se refestelar com a doce Carlota e inventou toda aquela pantomima de amor platônico? O rapaz era um poço de inveja, porém covarde. Aposto um caminhão de dinheiro que a intenção inicial dele não era o suicídio, mas estourar os miolos do rival e possuir a esposa do amigo ali, diante do cadáver. Mas faltou-lhe o ímpeto. Era um poltrão...

Perceba que o ruído aumenta.

— Mas que diabo, esse rádio está insuportável com essa barulheira. Nossa mãe santíssima, o que é isso? Diabo de ritmo marcado que deixa qualquer um tonto. Algum ponto de macumba? Repete infinitamente o estribilho que parece até que é de propósito, coisa pensada para irritar o cidadão desavisado.

É a trilha musical dos meus sonhos, acredite. O mundo será submerso por tal som antes que o sol se ponha.

— Presta atenção, Rafael, lá vem o garçom, e não era sem tempo. Até que enfim trazes a minha garrafa! Menino, você podia ter mais cuidado, assim derrama o líquido precio... eita, espera, olha aí! Assim cai tudo! Segura direito essa garrafa, animal! Passa logo para cá... ei! Veja se não me mancha o paletó, filho de uma marafona que ronca e fuça! Parto-lhe a cara nesse instante, sem vergonha! Passe para cá a garrafa que vou dar um jeito de despejar todo o conteúdo na sua cabeça!

A garrafa encontra o crânio do garçom. O vidro esverdeado se espatifa e tudo vira um turbilhão desenfreado, uma barafunda sem nexo, mãos estendidas, sem tocar em nada, bocas abertas, mas sem expressar qualquer som inteligível, apenas acrescentando mais e mais camadas àquela onda fervilhante de ódio e desespero sob um batuque intenso, um troar medonho, de fazer tremer as mesas e dobrar as vistas. O bar resiste, mas aparentemente não por muito tempo.

Espera. Identifica o ruído do lado de fora. Olha a multidão, as tropas, os tanques. As tochas. Daqui parece que uma multidão indistinta, maltrapilha e enraivecida, se amontoa em nossa direção, não parece? E olha o firmamento iluminado em tons de escarlate... eu não compreendo.

— Ah, eu sim. Esses biltres perderam a noção e estão a tentar um golpe armado! Como se fosse alguma novidade na História deste país, esses primatas fardados tentarem alçar os galhos mais altos do Poder. Não será a primeira e nem a última vez. Mas hão de ser rechaçados de volta à caserna, perceba, Rafael! Eu, por exemplo, não hesitarei em dar-lhes um bom motivo para recolherem a crista.

E lá vai ele, correndo em direção à turba, desaparecendo em meio à confusão, à fumaça, aos gritos que, à esta altura, não parecem mais humanos, soam como gatos no cio, mas gatos muito grandes.

Não sei o que pensar, tropeço transtornado, trocando as pernas, dou dois passos para fora do bar, me apoio em uma das paredes, e o mundo, pelo que percebo, segue a mesma trilha cambaleante. Apesar das nuvens que fecham o céu, ainda posso distinguir a terra e está pouco a pouco calcinada. Não são as chamas que clareiam as ruas, mas algo além, pois os prédios parecem irradiar uma tonalidade carmesim pouco natural.

No meio das pessoas, caminhando por entre corpos que se contorcem, alguns em agonia, outros aparentemente em gozo, uma mulher vestida de vermelho da cabeça aos pés levanta os braços, regendo a confusão.

Ela ri e de sua garganta brota uma bile viscosa, um jorro em verde contrastante com as vestes.

O solo tocado pela gosma queima, se contorce e racha como se houvesse um terremoto, mas não é o caso. Uns e outros, olhos vítreos, despencam na fenda e desaparecem graças ao desnível nos paralelepípedos, rachadura que se agiganta numa onda de asfalto e rochas, provocando uma tempestade de pedras portuguesas, descoladas do calçamento e arremessadas ao ar, despencando sobre as cabeças dos transeuntes apavorados, nem sempre guarnecidas por chapéus. Um pequeno holocausto no meio da Rua da Assembleia, mas nem por isso menos nauseante.

Por causa do bombardeio, sangue e alguns pequenos pedaços acinzentados brotam dos cocurutos, das calvas, das cabeleiras. Os gritos e as bravatas são assimilados por algo que se assemelha a um cântico saído das bocas escancaradas, o mesmo que o rádio esbraveja há minutos... horas... séculos, e que antes era antecipado pelo zumbido das asas dos mosquitos invulneráveis, monstros do tamanho de um dedo polegar que voejam gordos com nosso sangue misturado em suas barrigas reluzentes e intumescidas, que ingerem e digerem e expelem com alegria.

E agora o *zumzumzum* nem incomoda tanto, parece um bálsamo, na verdade. Cantiga de ninar igual à que a ama sussurra em nossos ouvidos quando somos pequenos demais para vencer a fadiga. Embala, acalma a violência antes efervescente, imobiliza e assegura que tudo vai ficar bem, que o fim está próximo e o sono virá, talvez para sempre, talvez para todos.

Tudo isso parece o discurso de um pastor evangelista sem talento cuja imaginação fosse aquém do necessário para exercer a contento a profissão diante de um rebanho de seguidores acéfalos. Pois todo o mal que assola a humanidade é esse: a necessidade de seguir, de ser direcionada, balindo como ovelhas. Se no meio do caminho há um abismo, não se preocupem, o pastor há de salvar a todos. Ele sabe o que faz. Ah, sabe.

Tanques do exército, com suas cores não identificáveis — qual será a cor dos tanques? Qual será a cor da morte quando estender a mão para nos cumprimentar? Será que a veremos translúcida ou como o somatório de todas as cores, nos últimos momentos de vida? Será que cai do céu? — lagartas em paralelo, estruturas moventes que esmagam o asfalto e tudo mais que dá o azar de se postar à sua frente e placas metálicas que nos encaram como rostos impassíveis, apontando os canhões, aqueles enormes chifres, rinocerontes de ferro fundido, para o bar.

Mas por que o bar? A resposta é transparente como a cachaça que saiu apressada e gorgolejante da garrafa quebrada sobre a mesa, tentando uma fuga desesperada do ambiente.

Um bar, qualquer bar, é um centro de torpeza, um templo ao vício. E por isso deve ser obliterado, como tudo que ofende os olhos de uma classe que se sente superior a seus irmãos. São pessoas tomadas por delírios de grandeza infundada e ignorante, que pervertem a dúvida da ciência em prol da certeza da superstição.

Eis a diferença fundamental entre Ciência e Fé: enquanto uma duvida sempre de si própria, exigindo comprovações constantes em prol do bem comum, a outra tem certeza absoluta sem a necessidade de qualquer pergunta.

Estamos todos tão certos de tudo hoje em dia, não é? Tão carentes de dúvidas, tão prenhes de certezas absolutas. Nos permitimos tornar presas fáceis para ministros ancestrais, para monstros que não discernem as diferenças, as belezas dos indivíduos. Somos as crianças sacrificadas nas guerras de conquistas de velhos caquéticos que acreditávamos mortos e enterrados, mas que sempre retornam, sempre, basta que paremos de perguntar, basta que esqueçamos.

Eles estão de volta, saudáveis, gordos, alimentados graças às nossas crenças baseadas em fofocas, em mentiras proferidas como se fossem a Voz Divina, com nossas certezas petulantes. Retornam com força renovada a cada volta de uma ampulheta maior que o sistema solar, alimentados por nossa ignorância, por discursos simplistas de ódio e pela opção da cegueira voluntária.

Será nosso destino sucumbir sempre aos Deuses redivivos, outra e outra vez? Às criaturas inomináveis que nublam nosso discernimento, que nos colocam uns contra os outros, que se divertem com nossa desorientação? E que usam nossas mentes como repasto? Pior, será que nós os conclamamos a cada cinquenta anos? Ou seriam cinco mil anos? Quanto tempo de civilização temos? Será este o nosso Inferno autoimposto, nossa tortura desejada? Uma roda perdida no cosmo a repassar eternamente os mesmos pesadelos de poder, inveja e ganância?

E por falar em roda, aquilo, aquela bola preta no céu… aquilo é o Sol? Ah, eu disse, não disse? Eu falei. Meu sonho não foi por acaso, é uma previsão de tempos sombrios, pode crer. Sou a pitonisa de Tróia, Cassandra malfazeja, aquela que detesta e chora de horror diante de tudo que antevê.

Porém — e já não sei se falo para algum interlocutor ou se apenas ecoo minha mente perturbada — uma coisa é certa: padecemos por nossa falta de imaginação. Nossos pesadelos são recorrentes, sempre os mesmos sonhos nefastos de grandeza e complexo de inferioridade. Queremos mais porque nos consideramos pouco.

Que se explodam os diferentes, que morram os que nos ameaçam com seus sofrimentos, nem que nós mesmos nos tornemos os monstros famintos de atenção de holofotes, de luz. Como nas antigas comunidades citadas por meu amigo, que todos se matem por mais espaço, por mais comida, por mais. Porque o que é do outro, por pouco que seja, deve ser meu. E o que é meu é mais importante que tudo.

Que inveja é essa que insufla nossos egos combalidos? Caminhamos irmanados para a extinção, mesmo que nos matemos indiscriminadamente.

Dois estrondos subsequentes. Uma das paredes do bar desaba e enxergo quando três homens que relutam em abandonar a pretensa segurança de um local fechado são esmagados por tijolos e reboco. A poeira se mistura ao sangue.

A pretensa moral envolta em aço cospe fogo e dizima os iníquos que ousam respirar o mesmo ar que eles. Os iníquos somos nós, borboletas voejantes. Cada uma emaranhada na teia de dona Aracne, enroladas e incapazes de mover um dedo, esperando imóveis a entidade que não tem pressa, saboreia nossa imbecilidade, nossa crença em uma Força Superior que, no último instante nos salvará das mandíbulas gotejantes, nossa incredulidade que, até o último momento, espera que tudo seja um sonho mau, uma indigestão, e que acabe em lençóis encharcados de suor.

Mas não é nada disso. Não vamos acordar desse pesadelo em particular, mesmo que tomemos baionetas nas mãos e perfuremos as barrigas de nossos desafetos. Digeridos seremos todos. A transpiração exsuda e evapora nesta terra abrasiva, como se fosse ácido cítrico em um enorme estômago de uma Besta insaciável.

A pele se desgasta sob o Sol Negro, derrete, pois há apenas uma certeza neste mundo além do ritmo incessante do rádio que não mais existe, mas insiste em trovejar seu hino. A mulher vermelha olha direto para mim e perco a vista em um clarão. Seus seguidores cantam. O *zumzumzum* estoura meus ouvidos. Grito e ninguém escuta, nem eu mesmo.

E tudo queima.

Posfácio:

Um bom escritor compreende a beleza da efemeridade da vida.

Um excelente escritor entende-se efêmero como ser atuante em palavras que não restarão por muito tempo em sua própria vida, mas permanecerão, efêmeras ou não, no planeta, enquanto existir tal Universo.

A transitoriedade é a relatividade de tudo o que se pensa e escreve, assim como o caminhar da existência em ações.

A pugna constante de desvendamentos e novos questionamentos é o que causa as transformações a que somos forçados por nós mesmos ou por outrem.

Entender essa batalha interior, tão constante em seres pensantes, faz de Octavio Aragão um grande ficcionista brasileiro, já conhecido, inclusive, internacionalmente, através de INTEMPOL, um universo com viagens intertemporais criado pelo autor, que desponta nos países da Europa, América do Norte e, principalmente, no Brasil.

Nesta coletânea de contos, onde o real se coaduna com o maravilhoso, temos Octavio Aragão desnudo, engajado, repleto em destemida doação de sua própria essência na representação de várias personagens que caminham em tempos distintos e, por várias vezes, onipresentes em espaços distantes.

A criação do autor ultrapassa a noção apresentada aos humanos sobre a impossibilidade de 'dois corpos ocuparem o mesmo espaço ao mesmo tempo'.

Para Octavio Aragão, a explicação, se é possível, transcende aos conceitos físicos da Ciência Experimental, que hoje, também, se torna mais assertiva sobre a própria ignorância.

As guerras constantes em nosso eu-menino iniciam-se em nossas próprias cidades, físicas ou interiores. E, se tivermos a vitória, supostamente, venceremos o mundo. Mas o que é o mundo se não a própria cidade? Não há uma única cidade, mas inúmeras e em todas há um campo minado de ações e reações, que deverão ser pensadas, repensadas, sem o estandarte da vitória, mas com o intervalo da aprendizagem.

Essa é uma das nuances da obra que o leitor tem em mãos, contos, cortes, caminhos que levam a inúmeras cidades nossas, conhecidas por visitações, lembradas por memórias genéticas ou mesmo algo inexplicável que nos foi diluído de nossos pensamentos no momento em que chegamos a esse orbe tão inexplicável, tão real e tão impossível de ser realidade, e que talvez seja apenas um jogo virtual nas mãos de algum ser além da compreensão humana.

Essas noções tão vivas dentro de todos nós são tenebrosas, e nos afastam de querer entendê-las, daí a facilidade de aceitação de tudo o que é crível pela ciência explicável somente, e de tudo o que é milagre pelas sensações da fé, apreendidas pelas histórias que ouvimos e que plasmamos em nossas próprias existências.

Não à-toa, o autor preferiu iniciar esta obra com Guernica, fundindo pintura com literatura.

"Não, a pintura não está feita para decorar apartamentos. Ela é uma arma de ataque e defesa contra o inimigo." (Pablo Picasso)

E todo artista pratica a expansão de sua alma através da fragmentação de sua própria batalha.

As vivências, principalmente, as indignações fazem do homem consciente de sua atuação responsável um caminho de fala, ainda que seja apenas por palavras escritas - e quem disse que não são as mais poderosas? — para que outros possam também iniciar o próprio entendimento de suas figuras no ambiente deste orbe corrompido pela insanidade de outros, que adquiriram, de alguma forma, lícita ou não, poderes de dominação. E nisso, o autor se faz presente na fala de suas personagens:

"Alguém tem de ser do contra para que a regra faça sentido".

Esse sarcasmo, uma ironia textual própria de Octavio Aragão, até longe das pautas, quando em convívio com os amigos, é o que nos causa riso no canto da boca. - QUANDO A LUA SORRI - que vai além do riso do gato de Cheshire, de Lewis Carroll.

Sim, já no início de sua obra, Octavio Aragão nos convida à percepção de que a inteligência nunca entenderá sua própria inocência.

Então, o que se busca nos entendimentos que necessitamos saber? A resposta é sempre a próxima bala do saquinho de doces oferecido por alguém maior - ***"Porque as crianças não sabem nada"*** - nas palavras do próprio autor. E somos todos crianças, ainda...

Em seus contos, o autor reconhece que nada permanece nessa transitoriedade do universo ao qual estamos inseridos e compreendidos. Daí, suas histórias apresentarem dimensão psicológica em auge, explorando o intimismo e conflitos existenciais das personagens, que são o reflexo do nosso próprio caos.

Octavio Aragão se faz na busca do poder criador marcando uma eternidade, tão típica num verdadeiro artista versátil que se alimenta do torpor, a catarse do espírito, a excitação genésica em mais alto clímax, o gozo pleno bíblico, onde liturgia e profanação são irmãs siamesas.

Além dessas profundidades em contos de temáticas sociopolítica, religiosa, romanceada, repletas de suspense, chegando ao terror, temos uma outra vertente das Artes atuando na Literatura de Octavio Aragão, além da Pintura; a Fotografia em Movimento, sim, o Cinema, a TV, enfim, as Telas Visuais.

Vestindo a capa de criança arteira, o autor nos regala com o que nos foi proibido e negado em histórias de telas, além dos livros.

Ops, falei em capa... E o autor nos leva a tantas capas e espadas em suas histórias tão nossas também.

Nos contos dessa obra, vários cortes de seriados, filmes e conhecimentos de gerações que foram 'educadas' pela TV e pelo Cinema, e por que não dizer das Emissoras de Rádio, nos apresentam soluções, fechamentos e, de alguma forma, tal qual imaginamos, continuações mescladas, deixando um leque de possibilidades em nossas aventuras fantasiosas de uma época que se distancia e que, no futuro, talvez, como afirmei anteriormente, totalmente efêmero e, quiçá, sem a atenção de gerações que não experimentaram a delícia das transformações de nosso tempo. Tempo e espaço fundindo histórias na História, quando somos lançados ao cenário, por que não dizer fílmico, numa literatura de participação ativa em assuntos e circunstâncias de relevância, onde a denúncia é também a reflexão, é também uma defesa para nossos corpos ligados aos conceitos apreendidos ou criados por nós mesmos.

Essa fusão de várias formas de Arte nos traz um Octavio Aragão como o vejo - e por isso o chamo de Dr. Oc, quando nos encontramos. Um homem admirável, um artista das letras repleto de braços que não apenas escrevem, mas que abraçam os leitores numa alma sensível, plena, repleta de funções cromáticas em expansão, tão além do que nos limitamos a enxergar no conto Viragem. Sim, o oculto do conto é o que não conseguimos decifrar em nós e no próprio autor. Por isso, a nossa eterna busca.

Essa audácia do autor, em fundir as várias formas de Arte, nos possibilita continuidade de obras que amamos e imaginamos num eterno costurar literário e libertário; nos possibilita finalizar o que nos negaram em tantas realidades que vivemos ao longo de nossas parcas existências.

Quando o autor cita: ***"lembranças não trazem novidades, apenas repetições"***, sua resposta chega anterior, tal qual a flecha, que matou a caça ontem, mas que será atirada amanhã, ***"talvez porque nada aconteça quando olhamos diretamente".***

Entre Lygia Fagundes Telles e tantos outros autores no cerne do escritor desta obra, por vezes me vi navegando numa das Barcas de Gil Vicente, onde o verso da folha é a vida da capa frontal.

Se o próprio autor diz ***"A graça está em levar um blefe até o fim"***, eu também terei tal direito.

Gostaria de ter iniciado este paratexto com uma epígrafe, mas não encontrei qualquer trecho melhor que a frase do próprio autor: ***"o inferno existe, mas o pior demônio sou eu."*** Assim, finalizo.

Obra de excelência em gênero narrativo, onde as modalidades aplicadas nos deixam de alma refrigerada em nossa própria Geena.

Will Tom

AVEC
EDITORA